콜리니 케이스

ⓒ Ferdinand von Schirach, 2011
Korean Translation ⓒ 2024 by Marco Polo Press
All rights reserved.
The Korean language edition is published by arrangement with
Marcel Hartges Literatur-und Filmagentur through MOMO Agency, Seoul.

이 책의 한국어판 저작권은 모모 에이전시를 통해 Marcel Hartges Literatur-und Filmagentur와의 독점 계약으로 "마르코폴로 출판사"에 있습니다. 저작권법에 의해 한국 내에서 보호를 받는 저작물이므로 무단전재와 무단복제를 금합니다.

콜리니 케이스

Author	페르디난트 폰 쉬라흐
Translator	편영수

Der Fall Collini

마르코폴로

목차

1 | 9
2 | 13
3 | 24
4 | 38
5 | 44
6 | 52
7 | 60
8 | 67
9 | 82
10 | 90
11 | 95
12 | 106
13 | 113
14 | 120
15 | 132
16 | 136
17 | 146
18 | 149
19 | 174

부록 | 179

옮긴이 해설 | 181

작가에 대해 | 186

옮긴이에 대해 | 189

우리는 모두 지금 우리가 하고 있는 일을 하기 위해 창조됐을 것이다.

— 어니스트 헤밍웨이

1

4층을 담당했던 웨이터와 엘리베이터를 탔던 두 명의 중년 여성, 그리고 4층 복도에 있던 결혼한 커플은 모두 나중에 그 상황을 기억할 것이다. 그들은 남자가 덩치가 크고 땀 냄새가 났다고 말했다.

콜리니는 4층까지 걸어서 올라가서 방마다 호수를 확인했다. 400호 '브란덴부르크 스위트룸', 그는 방문을 두드렸다.

"네, 누구세요?" 방문 앞에 서 있는 남자는 여든다섯 살이었다. 그는 콜리니가 예상했던 것보다 훨씬 젊어보였다. 콜리니의 목덜미에서는 땀이 비 오듯 흘러내렸다.

"안녕하세요. '코리에레 델라 세라'[1]에서 온 콜리니라고 합니다." 그는 남자가 신분증을 요구할지도 모르겠다고 생각하면서 중

---

[1] 이탈리아 밀라노에서 발행되는, 이탈리아에서 가장 발행 부수가 많은 신문이다. 1876년 3월 5일 창간됐고, 1910년대와 1920년대를 거치면서 이탈리아에서 가장 널리 읽히는 신문으로 자리 잡았다.

얼거리듯 말했다.

"그래요. 반갑습니다. 안으로 들어오시죠. 여기가 인터뷰하기에 최적의 장소에요." 남자는 콜리니에게 악수를 청했다. 콜리니는 뒤로 물러섰다. 구태여 그와 접촉하고 싶지 않았다. 아직은 아니었다.

"땀이 나네요." 콜리니는 말했다. 콜리니는 그렇게 말한 자신에게 화가 났다. '땀이 나네요'는 말은 이상하게 들렸다. 누구도 그런 말을 하지 않을 거라고 콜리니는 생각했다.

"그래요. 오늘은 정말 후덥지근하군요. 금방이라도 비가 올 것 같아요." 노인은 그런 기분은 아니었지만 다정하게 말했다. 실내는 쌀쌀했고, 에어컨은 켜 두지 않았다. 두 사람은 스위트룸 거실로 들어갔다. 베이지색 카펫, 짙은 색 나무, 커다란 창, 모든 것이 값비싸고 일류였다. 창문 밖에는 브란덴부르크 문이 낯설 정도로 가깝게 보였다.

*

이십 분 후에 노인은 죽었다. 그의 후두부를 네 발의 총알이 뚫고 지나갔다. 그 중 한 발은 뇌 안에서 방향을 바꿔 반대편으로 나와서 얼굴 반을 날려버렸다. 베이지색 카펫은 피로 흠뻑 젖었다. 검붉은 피는 서서히 넓게 번져나갔다. 콜리니는 권총을 탁자 위에 놓았다. 바닥에 쓰러져 있는 노인 옆에 선 채, 그는 노인의 손등에 있는 검버섯을 뚫어지게 쳐다봤다. 콜리니는 발로 죽은 노인의 몸을 뒤집더니, 느닷없이 구두 뒤축으로 죽은 노인의 얼굴을 짓밟았다. 죽은 노인을 빤히 내려다보다가 다시 걷어찼다. 멈출 수가 없었다. 계속해서 걷어찼다. 피와 뇌 피질이 그의 바짓가랑이와 카펫, 침대 틀로 튀었다. 나중에 법의학자는 발길질의 횟수를 셀 수 없을 정도라고 했다. 광대뼈, 턱뼈, 코뼈와 두개골이 거센 발길질로 짓뭉개졌다. 콜리니는 구두 뒤축이 떨어지고 나서야 비로소 발길질을 멈췄다. 그는 침대에 앉았다. 땀이 비 오듯이 얼굴에서 흘러내렸다. 빨딱거리던 맥박은 천천히 진정됐다. 그는 다시 규칙적으로 숨을 쉴 때까지 기다렸다. 그리고 일어나서, 성호를 긋고, 그 방에서 나와 엘리베이터를 타고 일층으로 내려갔다. 구두 뒤축이 떨어져 나간 탓에 그는 비틀거렸다. 튀어나온 구두못에 대리석 바닥이 긁혔다. 로비에서 그는 호텔 프런트에 있는 젊은 여자에게 경찰을 불러달라고 말했다. 그녀는 손을 흔들어대면서 질문을 쏟아냈다. 콜리니는 이렇게만 말했다. "400호 남자가 죽었어요." 콜리니 옆, 로비의 전광판 안내문에는 "2001년 5월 23일, 20시, 슈프레 홀: 독일기계공업협회"라고 쓰여 있었다.

    그는 로비의 파란색 소파에 앉았다. 뭐라도 가져다줄까 웨이터가 물었지만 콜리니는 아무 대답을 하지 않았다. 그는 바닥만 뚫어져라 쳐다보고 있었다. 피 묻은 구두 발자국은 일층 대리석 바닥에서 시작해서, 엘리베이터 안을 거쳐 스위트룸 내부까지 이어졌다. 콜리니는 체포를 기다렸다. 평생을 기다려 온 이 순간에 그는 내내 침묵을 지켰다.

2

"당직 변호사, 변호사 카스파르 라이넨."

전화기 액정 화면에 형사 법원에서 걸려온 전화번호가 떴다.

"티어가르텐 지방 법원, 수사 판사 퀼러입니다. 이 법원에 변호인이 없는 피의자가 와 있습니다. 검찰은 살인죄로 구속 영장을 청구했습니다. 법원에 오시는 데 시간이 얼마나 걸립니까?"

"25분 정도요."

"알겠습니다. 40분 후에 피의자를 데려오게 하겠습니다. 212호로 오십시오."

카스파르 라이넨은 전화를 끊었다. 많은 다른 젊은 변호사들처럼 그는 변호사 협회의 당직 근무 명단에 자신의 이름을 올려놓았다. 주말이면 젊은 변호사들에게 휴대폰이 지급됐고 그들은 전화를 받을 준비가 되어 있어야 했다. 경찰, 검찰과 판사들은 그들의 전화번호를 갖고 있었다. 누군가 체포되어 변호사의 조력을 원한다면, 당국은 그들에게 전화를 할 수 있었다. 젊은 변호사들은 자주 그렇게 소송 사건을 처음 맡았다.

라이넨이 변호사 자격을 취득한 것은 42일 전이었다. 국가시험을 두 번째 치른 후 그는 1년간 학업을 중단하고 기숙학교에서 사귄 옛 친구들과 함께 아프리카와 유럽을 여행하면서 지냈다. 며칠 전부터 <변호사 카스파르 라이넨>이라는 명판을 건물 입구에 걸어 두었다. 그는 명판을 건 일이 다소 허세를 부리는 것 같은 느낌이 들었지만 여하튼 기분은 좋았다. 방 두 개짜리 사무실은 쿠르퓌르스텐담 옆 골목의 뒤쪽 건물에 있었다. 엘리베이터가 없어서 의뢰인들은 비좁은 계단을 이용할 수밖에 없었다. 그래도 라이넨은 개인 개업 변호사여서 자신의 생계만 책임지면 됐다.

일요일 오전이었다. 몇 시간째 그는 사무실을 청소했다. 사방에 개봉된 상자들이 널려 있었다. 방문객이 앉는 의자는 벼룩시장에서 구한 것이었다. 서류를 보관하는 금속 캐비닛은 텅 비어 있었다. 책상은 아버지로부터 선물로 받은 것이었다.

판사의 전화 호출을 받고 나서 라이넨은 법복을 찾았다. 책 더미 속에서 끼여 있는 한번도 입지 않은 새 법복을 잡아채서 서류 가방 안에 쑤셔 넣고 그는 달리기 시작했다. 전화 호출을 받고 이십 분도 안 되서 라이넨은 수사 판사의 방에 도착했다.

"라이넨 변호사입니다. 안녕하세요. 제게 전화하셨죠." 그는 약간 숨이 찼다.

"당직 변호사 명단에 있는 분이군요, 맞죠? 좋아요, 잘 됐어요. 내 이름은 퀼러입니다." 판사는 악수를 나누기 위해 일어섰다. 쉰 살쯤으로 보였고, 흰 바탕에 검정 도트 셔츠를 입었고 돋보기를 쓰고 있었다. 그는 다정하게 보였고, 약간 산만한 것 같았다. 하지만 그러한 인상은 가면이었다.

"콜리니 살인사건을 맡으세요. 먼저 의뢰인과 이야기하시겠습니까? 어차피 우리는 검찰을 기다려야만 합니다. 주말이지만 부서장인 라이머스 검사장이 직접 오기로 했어요. (…) 글쎄요, 아마 그는 보고를 받았을 겁니다. 의뢰인과 이야기하시겠습니까?"

"네, 그러죠."

라이넨은 검사장이 직접 올 만큼 이 살인 사건이 중대한지 잠시 생각해봤지만, 경찰관이 문을 열어 주었을 때, 이 생각을 새까맣게 잊었다. 문 바로 뒤에는 가파르고 좁은 돌계단이 있었다. 죄수들은 이 계단을 통해서 감방에서 판사실로 호송된다. 덩치가 큰 남자가 어스름한 첫 번째 층계참에 서 있었다. 그는 회칠한 벽에 기대어 있었고 커다란 머리로 유일한 천장 조명을 거의 완전히 차단했다. 그의 손목은 등 뒤로 수갑이 채워져 있었다.

경찰관은 라이넨을 문으로 내보내고 문을 닫았다. 라이넨은 그 남자와 단둘이 남았다. "안녕하세요. 내 이름은 라이넨입니다. 변호사입니다." 층계참에 공간이 많지 않았고, 남자가 너무 가까이 서 있었다.

"파브리치오 콜리니입니다." 남자는 라이넨을 힐끗 보았다. "나는 변호사가 필요 없습니다."

"아니요, 당신은 변호사가 필요합니다. 법에 따르면 이와 같은 사건에서 변호사의 변호를 받아야 합니다."

"변호 받고 싶지 않습니다." 콜리니는 말했다. 그의 얼굴도 굉장히 컸다. 넓은 턱, 일자로 굳게 다문 입, 앞으로 튀어나온 이마.

"내가 그 사람을 죽였습니다."

"경찰에 벌써 말했습니까?"

"아니요." 콜리니는 말했다.

"그렇다면 지금은 입을 다물고 있는 것이 좋겠군요. 내가 당신의 서류를 검토한 다음에 다시 말합시다."

"말하고 싶지 않습니다." 그의 목소리는 나지막하고 낯설게 들렸다.

"당신은 이탈리아 사람입니까?"

"네. 하지만 독일에 35년 동안 살고 있습니다."

"당신 가족에게 연락할까요?"

콜리니는 그를 쳐다보지 않았다. "나는 가족이 없습니다."

"친구들은요?"

"없습니다."

"그럼 지금 시작하겠습니다."

라이넨은 문을 두드렸다. 경찰관은 문을 다시 열었다. 검사장 라이머스는 이미 심리실 테이블에 앉아 있었다. 라이넨은 짧게 자신을 소개했다. 판사는 자기 앞에 있는 서류 더미에서 서류 한 장을 꺼냈다. 콜리니는 낮은 창살을 사이에 두고 나무 벤치에 앉았다. 그 옆에는 경찰관이 지키고 서 있었다.

"피고인의 수갑을 풀어주세요." 쾰러는 말했다. 경찰관은 수갑을 풀었다. 콜리니는 손목을 주물렀다. 라이넨은 그렇게 큰 손을 본 적이 없었다.

"안녕하세요. 내 이름은 쾰러입니다. 나는 오늘 당신을 담당할 수사 판사입니다." 그는 검사를 가리켰다. "이 분은 검사장 라이머스이고, 당신은 이미 당신의 변호인을 알고 있을 겁니다."

그는 헛기침을 했다. 판사의 목소리는 아주 단조롭고 사무적으로 들렸다. "파브리치오 콜리니, 당신이 오늘 이 자리에 나온 것은 검찰이 살인죄로 구속 영장을 청구했기 때문입니다. 오늘은 내가 구속 영장 발부 여부를 결정하는 날입니다. 당신은 독일어를 충분히 알아듣습니까?"

콜리니는 고개를 끄덕였다.

"성과 이름을 말해주세요."

"파브리치오 마리아 콜리니."

"언제, 어디서 태어났습니까?"

"1934년 3월 26일, 제노바 근교 캄포모로네."

"국적은?"

"이탈리아."

"현재 주소는?"

"뵈블링엔, 타우벤스트라세 19번지."

"직업은 무엇입니까?"

"공구 제작자입니다. 34년 동안 다이믈러 공장에서 일했고, 마지막에는 마이스터가 됐습니다. 4개월 전에 은퇴했습니다."

"고맙습니다." 판사는 빨간색 종이에 두 페이지가 인쇄된 구속 영장을 탁자 너머 라이넨에게 밀어주었다. 구속 영장에는 아직 서명이 없었다. 구속 영장의 내용은 살인 사건 전담 수사반의 보고로 구성되었다. 판사는 구속 영장을 읽어 주었다. 구속 영장에 따르면 파브리치오 콜리니는 아들론 호텔 스위트룸 400호에 묵은 장 바티스트 마이어를 만나러 가서 후두부에 총알 4발을 쏘아 죽였다. 그는 지금까지 아무 말도 하지 않았지만 총에 묻은 지문, 옷과 신발에 묻은 핏자국, 손에서 발견된 권총의 화약 흔적, 목격자 진술로 유죄가 확인됐다.

"콜리니 씨, 당신은 혐의를 이해하시겠습니까?"

"네."

"법에 따라 당신은 혐의에 대해 자유롭게 의견을 제시할 수 있습니다. 당신이 아무 말도 하지 않는다고 해서 그것이 당신에게 불리하게 사용될 수 없습니다. 당신은 예를 들어 증인을 지명하는 것과 같은 증거 조사를 신청할 수 있습니다. 당신은 언제든지 변호사와 상담할 수 있습니다."

"나는 아무 말도 하고 싶지 않습니다."

라이넨은 콜리니의 손에서 눈을 뗄 수가 없었다. 퀼러는 조서를 작성하는 여비서 쪽으로 돌아섰다. "기록하십시오. '피고인은 아무 말도 하고 싶어 하지 않는다.'" 그는 라이넨 쪽으로 돌아서서 말했다. "당신은 변호사로서 피고인을 대신하여 말하고 싶은 것이 있습니까?"

"없습니다." 지금 이 순간에는 구태여 말할 필요가 없었다.

퀼러 판사는 의자를 콜리니 쪽으로 돌렸다. "콜리니 씨, 당신에 대한 구속 영장을 발부합니다. 당신은 이제 나의 결정에 이의 신청을 하거나 구속 적부 심사를 신청할 수 있습니다. 변호사와 상의해 보십시오." 그는 말하면서 구속 영장에 서명했다. 그런 다음 그는 라이머스와 라이넨을 힐끗 쳐다보았다. "추가할 제안이 있습니까?" 그는 물었다.

라이머스는 고개를 젓고 서류를 정리했다.

"네. 서류 열람을 신청합니다." 라이넨이 말했다.

"조서에 기록되었습니다. 다른 건 뭐 없습니까?"

"구두 심리에서 구속 적부 심사를 신청합니다,"

"마찬가지로 기록되었습니다."

"그리고 법원이 나를 피고인의 국선변호사로 선임할 것을 신청합니다."

"지금 말입니까? 좋습니다. 검찰은 이의가 있습니까?" 퀼러는 물었다.

"없습니다." 라이머스가 말했다.

"그러면 다음과 같이 결정합니다. 라이넨 변호사를 이 재판에서 피고인 파브리치오 콜리니의 국선변호사로 임명합니다. 더 할 말은 없습니까?"

라이넨은 고개를 끄덕였다. 조서를 작성하는 여비서는 프린터에서 종이 한 장을 꺼내 퀼러에게 건넸다. 퀼러는 서류를 재빨리 훑어보더니 라이넨에게 건넸다. "오늘 심리의 조서입니다. 당신의 의뢰인이 조서에 서명하기를 바랍니다."

라이넨은 일어서서, 조서를 읽고, 피고인의 벤치 앞 격자에 나사로 고정된 나무 거치대 위에 조서를 내려놓았다. 볼펜은 가는 끈으로 나무판에 매달려 있었다. 콜리니는 볼펜을 집다 끈이 끊어지자, 더듬거리는 말투로 사과하며 조서에 서명했다. 라이넨은 그 조서를 판사에게 돌려주었다.

"자, 오늘은 여기까지입니다. 경찰관, 콜리니 씨를 데려가 주십시오. 여러분 다음에 뵙겠습니다."

경찰관은 콜리니의 손에 다시 수갑을 채우고 그를 데리고 판사실을 떠났다. 라이넨과 라이머스는 일어섰다.

"저, 라이넨 씨." 퀼러는 말했다. "잠깐 기다려 주실래요."

라이넨은 출입구에서 돌아섰다. 라이머스는 판사실을 떠났다.

"당신 의뢰인 앞에서 이런 질문을 하고 싶지 않았습니다. 변호사 자격을 취득한 지 얼마나 되었습니까?"

"한 달쯤입니다."

"구속 영장이 발부되었을 때 출석한 것은 처음이죠?"

"네."

"그러면 상황을 말씀드리겠습니다. 괜찮다면 이 방을 둘러보십시오. 어딘가에 방청객이 한 명이라도 보이나요?"

"안 보입니다."

"제대로 보시는군요. 지금 여기에는 방청객이 없습니다. 과거에도 없었고 앞으로도 없을 겁니다. 구속 통보와 구속 적부 심사는 공개적으로 이루어지지 않기 때문입니다. 당신도 알고 있지요, 그렇지 않나요?"

"네, 알고 있습니다만 (…)"

"그럼 도대체 왜 내 법정에서 법복을 입고 있었습니까?"

잠시 판사는 라이넨의 불안정한 태도를 즐기는 것 같았다. "괜찮아요, 다음번에는 그러지 마십시오. 변호에 행운을 있기를 빕니다." 그는 앞에 있는 서류 더미에서 또 다른 서류를 꺼내 들었다.

"다음에 뵙겠습니다." 라이넨은 중얼거렸다.

판사는 대답이 없었다.

라이머스는 문 앞에 서서 라이넨을 기다렸다. "라이넨 씨, 당신은 화요일에 내 사무실에서 서류철을 가져갈 수 있습니다."

"고맙습니다."

"우리 사무실에서 변호사 실습을 한 적이 있지요?"

"네, 2년 전이죠. 최근에 변호사 자격증을 받았습니다."

"기억이 납니다", 라이머스는 말했다. "벌써 첫 번째 살인 사건의 변호를 맡으셨군요. 축하합니다. 아마 변호가 성공할 가능성은 없을 겁니다. (…) 하지만 언제든 첫 출발은 해야 하니까요."

라이머스는 작별 인사를 하고 좌측 별관으로 사라졌다. 라이넨은 천천히 출구를 향해 복도를 따라 내려갔다. 그는 마침내 혼자가 되어 기뻤다. 그는 문설주에 조각된 돋을새김 석고 장식을 보았다. 하얀 펠리컨이 새끼에게 피를 먹이기 위해 자신의 가슴을 쪼고 있다. 그는 벤치에 앉아 다시 한 번 구속 영장을 읽고, 담배에 불을 붙이고, 다리를 쭉 뻗었다.

그는 항상 변호사가 되고 싶었다. 변호사 시보 시절 그는 상법 전문 대형 로펌에서 일했다. 시험이 끝난 후 일주일 동안 인터뷰하러 오라는 제의를 네 번 받았지만, 어떤 인터뷰에도 가지 않았다. 라이넨은 800명의 변호사가 고용된 그런 사무실을 좋아하지 않았다. 그곳의 젊은 변호사들은 은행가처럼 보였고, 그들은 시험에서 일등을 했고, 그들이 감당할 수 없는 차를 샀다. 그리고 주말에 의뢰인에게 가장 많은 수임료를 청구한 사람이 승자였다. 대형 로펌 변호사들은 부인 외에 애인을 두었다. 그들은 주말에 노란색 캐시미어 스웨터와 체크무늬 바지를 입었다. 그들의 세계는 숫자, 이사회 게시물, 연방 정부와의 자문 계약이 가득했고, 끝없이 늘어 선 회의실, 공항 라운지와 호텔 로비를 오가야 했다. 그들에게 가장 큰 재난은 사건이 법정에 갔을 때였다. 판사들은 너무 예측하기 어려웠다. 하지만 바로 그것이 카스파르 라이넨이 원하던 일이었다. 즉 그는 법복을 입고 의뢰인을 변호하고 싶었다. 그리고 지금 그는 여기에 있었다.

3

 카스파르 라이넨은 일요일 남은 시간을 브란덴부르크의 호숫가에서 보냈다. 그는 여름을 보내기 위해서 호숫가에 작은 집 한 채를 빌렸는데 부잔교에 누워 졸다가, 요트와 윈드서핑을 하는 사람들을 보면서 시간을 보냈다. 돌아오는 길에 그는 다시 자신의 사무실을 들여다보았다. 그는 열 번 만에 자동응답기에서 울리는 음성 메시지를 들었다. "안녕, 카스파르. 나, 요한나야. 당장 전화해줘." 그녀는 전화번호를 남겼고 그것이 전부였다. 그는 상자들 사이 전화기 옆 바닥에 앉아, 머리를 벽에 기대고 눈을 감은 채 계속 반복 메시지 키를 눌렀다. 비좁은 방은 질식할 것 같았고, 며칠 전부터 도시의 공기는 무겁게 가라앉아 있었다. 요한나의 목소리는 변한 게 없었다. 그녀의 목소리는 여전히 부드러웠고, 그녀는 여전히 약간 느리게 말했다. 그는 불현듯 소년 시절의 로스탈, 밤나무 숲 아래 푸른 풀밭, 여름의 냄새 등 모든 기억이 되살아났다.

그들은 수목원의 평평한 지붕에 누워 하늘을 올려다보았다. 그들이 누워 있는 지붕의 펠트천은 따뜻했다. 그들은 상의를 머리 밑에 두었다. 필립은 제빵사의 딸인 울리케에게 키스했다고 말했다.

"그래서?" 카스파르는 물었다. "진도는 어디까지 나갔니?"

필립은 질문에 답을 하지 않고 "음"이라고만 말했다.

차가운 차가 담긴 보온병이 그들 사이에 있었다. 보온병은 색이 바랜 등나무로 감겨져 있었다. 필립의 할아버지는 아프리카에서 보온병을 사왔다. 집의 테라스에서 그들은 여성 요리사가 자신들을 부르는 소리를 들었다. 하지만 그들은 그냥 누워 있었다. 여기, 필립의 증조부가 심은 고목 그늘에서는 늦여름 오후에 모든 것이 여유롭게 움직였다. 이런 식으로 일이 진행되면, 절대 여자에게 키스를 못하게 될 거라고 카스파르는 생각했다. 당시 카스파르는 열두 살이었다. 필립과 카스파르는 보덴호숫가에 있는 기숙학교에 같이 다녔다.

카스파르는 방학 때 집에 가지 않게 된 것이 기뻤다. 그의 아버지는 바이에른에 있는 숲에 유산으로 받은 땅을 조금 소유하고 있었다. 살기에는 충분했다. 그는 17세기로 거슬러 올라가는 어두운 산림 관리인의 집에서 혼자 살았다. 벽은 두껍고, 창문은 작았으며, 중앙난방은 없었다. 사방 벽에는 수사슴의 뿔과 박제된 새가 매달려 있었다. 어린 시절 내내 카스파르는 그 집에서 추위에 떨었다. 여름이면 그 집과 아버지에게서 부드러운 감초 냄새가 났다. 그것은 사냥총 청소에 사용되는 발리스톨 기름 냄새였다. 발리스톨 기름은 온갖 질병을 치료하기 위해서도 사용됐다. 베인 상처와 치통에 발리스톨 기름을 발랐고, 카스파르가 기침을 할 때도 이 기름을 탄 뜨거운 물 한 잔을 마셨다. 집에서 찾을 수 있는 유일한 잡지는 사냥과 사격에 관한 것이었다. 카스파르 부모의 결혼은 실수였다. 결혼 4년 후 그의 어머니는 이혼 소송을 제기했다. 그의 아버지는 나중에 자신이 항상 고무장화를 신고 돌아다니는 모습을 어머니가 참을 수 없었기 때문이라고 말했다. 그의 어머니는 집에서는 그저 '졸부'로 불렸던 다른 남자를 만났다. 그가 졸부로 불린 이유는 숲에서 아버지가 벌어들이는 연간 수입보다 더 비싼 시계를 차고 있었기 때문이다. 카스파르의 어머니는 새 남편과 함께 슈투트가르트로 이사했고 두 자녀를 더 낳았다. 카스파르는 기숙학교에 갈 때까지 산림 관리인의 집에서 아버지와 함께 지냈다. 당시 그는 열 살이었다.

"오케이, 들어가는 게 좋을 것 같아. 배고파" 필립이 말했다.

그들은 지붕에서 기어 내려와서 집으로 갔다.

"나중에 수영할래?" 필립이 물었다.

"차라리 낚시하러 갈래." 카스파르가 말했다.

"맞아, 낚시가 더 좋아. 생선을 그릴에 구울 수도 있어."

여성 요리사가 소년들을 꾸짖었다. 너무 멀리 떨어져 있어서 그녀가 부르는 소리를 듣지 못했다는 소년들의 말을 들은 후에야, 그녀는 소년들에게 햄과 버터를 곁들인 긴 빵을 만들어 주었다.

그들은 위층에서 필립의 부모와 함께 먹지 않고 평소처럼 부엌에서 먹었다. 카스파르는 아래층을 좋아했다. 아래층에 있는 엄청나게 많은 흰색 서랍들마다 검정 잉크로 소금, 설탕, 커피, 밀가루, 캐러웨이라고 쓰여 있는 라벨이 각각 붙은 무수히 많은 흰색 서랍들이 있었다. 아침에 우편배달부가 왔을 때, 카스파르는 식탁에 그들과 함께 앉아 있었다. 그들은 모두 편지에 적힌 발신인의 주소를 살펴보고, 엽서가 이층에 있는 필립의 부모에게 전달되기 전에 엽서를 읽었다.

이틀 걸러 오후마다 필립은 과외 수업을 받았고, 카스파르는 그 시간을 필립의 할아버지인 한스 마이어의 사무실에서 보냈다. 가끔 그들은 낡은 체스판으로 체스를 두었다. 마이어는 소년 카스파르에게 인내심을 보였고, 때로는 카스파르를 일부러 이기게 해서 돈을 주었다.

한스 마이어는 여전히 가족 회사를 경영했다. 그의 할아버지는 1886년에 마이어 공장을 설립했다. 제2차 세계대전이 끝난 후에 한스 마이어는 이 공장을 글로벌 기업으로 성장시켰다. 이 회사는 온갖 종류의 기계뿐 아니라, 외과용 기구, 플라스틱과 포장재를 생산했다. 20세기 초 한스 마이어의 아버지는 교외에 거대한 늪지대를 샀다. 그는 베를린에서 건축가와 조경사를 데려와 부지를 배수하고 도로, 자갈길과 숲길, 잔디밭, 이국적인 나무들과 밤나무 가로수 길이 있는 공원을 조성했다. 개울을 막아서 세 개의 연못이 만들어졌고 가장 큰 연못에는 인공 섬이 들어섰다. 연하늘색 중국식 다리를 이용해 인공 섬에 접근할 수 있었다. 붉은 모래가 깔린 테니스 코트, 야외 수영장, 수목원, 게스트 하우스 그리고 운전사와 그의 가족을 위한 집이 있었다. 공원 아래쪽에는 라일락 덤불을 지나 납으로 된 틀에 유리창이 설치된 오렌지 농장으로 이어지는 길이 있었다. 본채는 1904년에 작은 언덕 위에 세워졌다. 넓은 외부 계단은 4개의 둥근 기둥이 있는 석조 테라스와 연결됐다. 30개가 넘는 방이 있고, 건물의 측면 날개에 6개의 차고가 있었지만, 집은 부담스럽지 않고 풍경의 일부처럼 보였다. 창 덧문은 항상 짙은 녹색칠이 되어 있어 집안에서는 단순히 '녹색 집'으로 불렸다. 그 이름은 다른 면에서도 잘 선택된 이름이었다. 집 한쪽에 담쟁이 덩굴이 자라고 있었기 때문이다. 집 뒤에는 늙은 밤나무 여덟 그루가 서 있었고, 가족은 여름에 주말이면 그 늙은 밤나무의 수관樹冠 아래에서 저녁을 먹었다.

한스 마이어는 로스탈에서 아이들과 상대할 시간의 여유가 있는 유일한 사람이었다. 그는 아이들에게 못을 사용하지 않고 나무집을 짓는 방법과 낚시 미끼로 가장 좋은 벌레를 찾을 수 있는 곳을 알려 주었다. 그는 필립과 카스파르에게 자작나무 손잡이가 달린 칼을 준 적이 있었다. 그는 그들에게 칼로 나무를 깎아 호각을 만드는 방법을 보여주었고, 소년들은 밤에 침입한 강도로부터 가족을 보호하기 위해 호각을 사용하는 장면을 상상했다. 그 여름이 그들이 함께 마지막으로 보낸 여름이었다. 어른들은 아이들을 신경 쓰지 않았고, 아이들에게는 하루보다 긴 시간에 대한 개념이 없었다. 아이들의 유일한 걱정거리는 물고기가 미끼를 물지 않는 것과 소녀들이 자신들에게 키스를 하지 않는 것이었다.

4년 후 카스파르는 필립의 누나 요한나를 만났다. 그와 필립은 지금 로스탈에서 휴일을 보내고 있었다. 크리스마스에도 카스파르의 아버지의 추운 집보다 그곳이 더 즐거웠다. 크리스마스 축제 행사가 시작되기 2주 전부터 눈이 내리기 시작했다. 눈이 허리 높이 쌓여서 삽으로 눈을 치우고 나자 공원 길은 미로처럼 보였다. 필립과 카스파르는 현관 홀의 높은 벽난로 앞에 앉아 있었다. 가족이 기르는 개 세 마리가 돌바닥에서 자고 있었다. 개들이 이층으로 올라가는 것은 금지됐다. 필립은 접시 크기의 문장^{紋章}이 새겨진 노란색 목욕 가운을 입고 있었다. 그는 그것을 다락방의 옷장에서 찾았다. 그들은 할아버지의 시가를 피우고, 불을 바라보며, 앞으로 며칠 동안 할 일을 계획했다.

가족 운전사는 뮌헨 공항에서 요한나를 차에 태워 데려왔다. 그녀는 옆문을 통해 홀로 들어왔기 때문에, 필립은 그녀를 볼 수 없었다. 카스파르가 일어나려고 할 때, 그녀는 고개를 저으며 집게 손가락을 그의 입에 갖다 대었다. 그런 다음 그녀는 필립의 의자 뒤로 살금살금 걸어가 손으로 그의 눈을 가렸다.

"누굴까?" 그녀는 물었다.

"모르겠는데." 필립은 말했다. "아니, 잠깐, 손이 거친 것으로 보면 분명히 살찐 프란츠인데." 그는 웃으며 얼굴에서 그녀의 손을 떼고 의자를 돌아 달려가서 누나를 안아주었다.

"정말 멋진 목욕 가운이네, 필립" 그녀는 말했다. "게다가 이렇게 밝은 노란색이라니…" 그런 다음 그녀는 카스파르 쪽으로 돌아서서, 그를 쳐다보며 미소를 지었다. "너 카스파르 맞지." 그녀는 침착하게 말했다. 그는 얼굴을 붉혔다. 그녀는 그가 그녀의 뺨에 키스할 수 있도록 앞으로 몸을 기울였고, 그는 그녀의 흰색 브래지어를 언뜻 보았다. 그녀의 얼굴은 여전히 차가웠다. 필립처럼 그녀는 키가 크고 호리호리했다. 하지만 필립에게서 호리호리하게 보였던 모든 것이 그녀에게서는 우아하게 보였다. 그녀는 남동생과 똑같은 검은 눈과 아치형 눈썹을 가졌지만, 창백하고 맑은 얼굴의 입가는 부드러웠고, 입가에는 냉소가 감돌았다. 그녀는 카스파르보다 겨우 몇 살 더 많지만, 성숙했고 범접하기 어려웠다. 그녀는 다음 이틀 동안 영국에 있는 친구들과 거의 쉬지 않고 전화통화를 했다. 온 집안에서 그녀의 웃음소리를 들을 수 있었다. 그녀의 아버지는 화를 냈다. 전화가 항상 통화 중이었기 때문이다. 그녀가 떠났을 때, 그녀는 카스파르 외에는 아무도 눈치재지 못한 것 같았던 적막을 뒤에 남겼다.

이듬해 여름 필립은 그의 첫 번째 차, 흰색 좌석이 있는 빨간색 시트로엥을 얻었다. 김나지움 졸업시험을 앞둔 마지막 방학이었다. 두 사람은 여느 때와 마찬가지로 방학 전반기에는 마이어 공장의 생산 라인에서 일하고 후반기에는 번 돈을 썼다. 그들은 차로 브렌너 고개를 넘어 베네치아로 갔다. 필립의 증조부가 1920년대에 그곳 리도에 아르누보 양식의 빌라를 구입했다. 그들이 모든 박물관과 교회를 보고 난 다음에는, 하루하루가 반복되는 일상이었다. 그들은 산호초로 둘러싸인 얕은 바다를 항해했고, 테니스를 쳤고, 해변 카페, 호텔 테라스에서 오후 시간을 보냈고, 부두 벽의 길고 짙은 녹색 그림자 속에 누워 있었다. 저녁 때 그들은 수상 버스를 타고 베네치아로 가서, 칸나레조의 바에 갔다가, 밤거리를 한가롭게 거닐었다. 그들은 거의 언제나 이른 아침에야 돌아왔고, 갈매기 울음소리를 들으면서 기진맥진한 채 테라스에 한 시간을 더 앉아 있었다. 그들에게 부족한 것은 전혀 없었다.

방학이 끝날 무렵 요한나는 일주일 예정으로 런던에서 방문하러 왔다. 떠나는 날 그녀는 수영을 마치고 카스파르 옆에 누워 있었다. 그녀는 팔꿈치로 몸을 지탱했다. 머리카락이 그녀의 얼굴 위로 흘러내렸다. 갑자기 그녀는 그에게 몸을 굽혀 그의 얼굴을 들여다보았다. 이마에 닿는 그녀의 젖은 머리카락을 느끼며 그는 눈을 감았다. 그녀는 그의 입에 키스했고, 그들의 이빨은 서로 부딪쳤다. "그렇게 심각한 표정을 짓지 마." 그녀는 웃으며 말하며 그의 눈에 손을 얹었다. 그런 다음 그녀는 바다로 달려가, 다시 돌아서더니 "어서, 어서 이리 와"라고 외쳤다. 물론 그는 가지 않았다. 하지만 그는 그녀가 가는 것을 지켜보았고, 나중에는 바닷가에서의 그 맑고 푸른 날만큼 행복했던 시간을 기억할 수 없었다.

정확히 일 년 후에 소년들은 김나지움 졸업 시험을 치렀다. 연말 축하 행사가 끝난 후 필립의 부모는 아들을 기숙학교에서 집으로 데려다 주기 위해 왔다. '로스탈'이라는 표지판 앞 마지막 커브에 목재를 실은 트럭이 삐딱하게 서 있었다. 트럭은 들판 길에서 나와 좁은 차선에서 회전을 시도했다. 필립이 탄 차는 굴절식 트럭 바로 밑으로 돌진해 들어갔고, 트럭이 싣고 있던 나무들이 차의 지붕을 박살냈다. 필립의 머리는 몸에서 떨어져 나갔고, 그의 부모는 길에서 피를 흘리며 죽었다.

장례식은 로스탈에서 열렸다. 교회에서 신부는 필립이 얼마나 좋은 아들이었는지, 얼마나 좋은 손자였는지, 그리고 그가 가질 수 있었던 멋진 미래에 대해 말했다. 신부는 시체에 머리가 없기 때문에 관이 닫혀 있다는 사실을 말하지 않았다. 신부는 연보라색 테의 돋보기를 착용했다. 그는 회중 앞에 서서 허공에 십자 성호를 그었다. 신부는 더 나은 세상에 대해 말했다. 카스파르는 몸이 좋지 않았다. 그는 미사가 끝나기 전에 교회를 떠났다. 밖에서 무덤 파는 사람들은 나중에 관을 놓을 나무 버팀대 옆에 정장 차림으로 서 있었다. 그들은 담배를 피우며 잡담을 나누고 있었고, 활기가 넘쳤다. 카스파르를 보자 그들은 담배를 땅에 던지고 발로 밟았다. 그는 그들을 방해하고 싶지 않아서 대신 묘지에 있는 장례식장으로 갔다. 그는 대리석 벤치에 앉아 희미한 빛 속에서 매장을 지켜보았다.

한스 마이어는 아들과 며느리와 손자를 묻었다. 그는 요한나의 부축을 받으면서 무덤 옆에 뻣뻣하게 서 있었다. 그리고서 모두에게 다정한 말 몇 마디를 하며, 4시간 동안 연이은 조문을 받았다. 그런 다음 그는 집에 가서 서재에 틀어박혀 있었다. 요한나는 즉시 공항으로 갔다. 그녀는 누구와도 이야기하고 싶지 않았다.

카스파르는 그날 저녁 서재로 한스 마이어를 만나러 갔다. 그는 노인에게 예전처럼 체스를 두어야 하는지 물었다. 그들은 잠시 후 한스 마이어가 멈출 때까지 조용히 체스를 두었다. 그는 창문을 열고 어두컴컴한 공원을 내다보았다.

"내가 어린 소년이었을 때 일어난 일이야. 아마 여덟 살이나 아홉 살이었을 거야." 마이어는 말했다. 그는 돌아보지 않고 말했다. "빨간색과 파란색이 섞인 셔츠를 입었지. 정말 밝은 색상이었어. 하지만 어떤 천이었는지는 모르겠어. 삼촌이 이탈리아에서 가져왔어. 새 셔츠를 입고 마구간으로 갔지. 나는 그 당시 매일 마구간에 있었지. 말을 엄청 좋아했어. 야외 목장에는 엄마가 아끼는 신경이 예민한 장애물 경기용 말이 있었어. 그 말은 이미 여러 마장 마술 대회에서 우승했고, 엄마는 그 말을 몇 년 안에 올림픽 게임에 출전시킬 생각을 했지. 어쩌면 나는 평소처럼 그날 말을 쓰다듬고 싶었을 수도 있어. 하지만 지금은 기억이 안 나. 여하튼 나를 보자마자 말은 몸을 벌떡 일으켜 목장의 나무 울타리로 달려가더니 부딪쳤어. 말은 겁에 질렸지. 왼쪽 앞다리가 부러졌고 고통스럽게 비명을 질렀지. 전에 그런 비명을 들어본 적이 없었어. 귀를 손으로 막고 도망쳤어. 그날 오후 산림 관리인이 와서 그 불쌍한 동물을 총으로 쏘아 죽였지."

한스 마이어는 고개를 돌렸다. 그는 소리 없이 울었다. 하지만 목소리는 떨리지 않았다. "그날 저녁 아버지의 서재로 불려갔어. 네가 지금 앉아 있는 바로 그 자리에, 이 책상 앞에 앉았지. 그 당시에는 부모가 자녀와 대화를 많이 하지 않았어. 아버지를 사랑했지만 두려웠어. 아버지는 내가 말의 죽음에, 말이 때가 되기 전에 죽은 것에 책임이 없다고 말했어. 아버지는 앞으로 나에게 맡겨진 일을 더 잘 챙겨야 한다고 말했어. 그것도 '때가 되기 전에' 챙겨야 한다고 말이야, 아버지는 나를 벌하지 않았고, 다만 내가 말의 죽음에 대해 생각해야 한다고 말했어. 며칠 후 말은 호수 아래 공원에 묻었어. 물론 말 전체가 아니라, 말발굽만."

"알아요. 필립이 나에게 그 장소를 한 번 보여주었어요."

카스파르는 친구인 노인을 바라보았다. "당신 책임이 아니에요." 카스파르는 말했다.

"무슨 뜻이니?"

"당신 셔츠 때문에 말이 놀란 건 아니에요. 말은 색을 구별할 수 없어요. 말은 흑백으로만 봐요."

한스 마이어는 의자 뒤에 기대어 앉았다. 그는 미소를 지었다. "글쎄, 카스파르, 네가 그렇게 말해주어 고맙다. 하지만 그건 사실이 아니야. 말은 빨간색과 파란색을 볼 수 있어."

노인은 손등으로 눈을 닦았다. 그는 창가로 돌아와 양쪽 유리창을 모두 열고 창틀에 기대어 섰다. 카스파르는 자리에서 일어나 그에게 다가갔다. 한스 마이어는 돌아서서 카스파르를 껴안았다. 그리고 나서 이제 혼자 있고 싶다고 말했다. 카스파르가 이튿날 아침 집으로 차를 몰고 갔을 때, 차의 조수석에서 체스를 발견했다.

*

군복무를 마친 후 라이넨은 함부르크에서 법학을 공부하기 시작했다. 필립이 죽은 후 그는 변했는데 조용해졌고, 상황이 낯설게 느껴졌다. 그는 종종 자신에게서 멀어지는 느낌이 들었다. 그는 외부에서 자기 자신을 관찰했고 마치 리모콘으로 움직이는 것처럼 몸을 움직였다. 이런 때에 그는 아버지의 성격의 어두운 면을 물려받았을지도 모른다는 생각이 들었다.

친구가 죽고 4년 후 요한나가 그를 결혼식에 초대했을 때, 그는 장례식 이후 딱 한 번 로스탈에 다시 갔다. 요한나는 케임브리지의 트리니티 칼리지 교수였던 스무 살 연상의 영국인과 결혼했다. 그는 흰 눈썹의 상냥한 남자였다. 모두가 그를 재미있고 매력적이라고 생각했다. 카스파르가 결혼식이 끝난 후 교회 앞에서 요한나에게 축하 인사를 건넸을 때, 그녀는 필립이 얼마나 그리웠는지 그의 귀에 대고 속삭이며 뺨을 어루만졌다. 그는 그녀의 팔을 꼭 잡고 손바닥에 입을 맞췄을 때, 결혼한 요한나 커플이 부부로서 오래 같이 살지는 않을 거라는 생각이 잠깐 들었다.

*

6년이 지난 지금, 그는 작은 사무실에서 요한나에게 전화했다. 그녀는 첫 번째 벨소리에 바로 전화를 받았다.

"안녕, 요한나."

"드디어 네가 전화하네. 어제부터 계속 연락을 시도했어. 내게 네 휴대폰 번호가 없어. 카스파르, 왜 이런 짓을 하는 거야?"

그는 놀랐다. 그녀의 목소리는 화가 묻어났다.

"도대체 무슨 생각이야?"

"이 돼지 새끼를 변호하는 이유가 뭐야?"

그녀는 울기 시작했다.

"요한나, 진정해. 네가 무슨 말을 하는지 모르겠어."

"모든 언론에 기사가 실렸어. 네가 그 이탈리아 사람의 변호를 맡는다고."

"아니, 기다려봐… 잠깐만 기다려봐." 라이넨은 자리에서 일어나며 황급히 말했다. 그의 서류 가방은 책상 위에 있었다. 다른 서류들 속에서 체포 영장을 꺼냈다. "요한나, 체포 영장에 이렇게 적혀 있어. 그가 장 바티스트 마이어라는 사람을 총으로 쏘아 죽였다고."

"맙소사, 카스파르, '장 바티스트'는 그의 여권에 적힌 이름일 뿐이야."

"무슨 말이야?"

"네가 할아버지를 살해한 사람을 변호하고 있다는 말이야."

한스 마이어의 어머니는 프랑스 사람이었다. 그녀는 세례자 요한의 이름을 따서 아들의 이름을 지었다. 그러나 그의 세대의 많은 사람들처럼 한스 마이어는 복잡한 이름을 원하지 않았다. 프리드리히는 프리츠, 라인하르트는 라이너, 요하네스는 한스로 이름이 바뀌었다. 모든 사람은 그를 그저 한스 마이어로 알고 있었다. 그의 명함에도 이름이 한스 마이어로 인쇄되어 있었다.

라이넨은 처음으로 죽은 사람을 상상했다. 호텔방에서 총에 맞아 죽은 한스 마이어, 피바다, 경찰관들, 빨간색과 흰색의 차단 테이프. 라이넨은 벽에 등을 대고 바닥에 앉았다. 그의 아버지의 책상은 방 안에 비스듬히 놓여 있었다. 책상 다리 하나에서 쪼개진 나무 한 조각이 떨어져 나왔다.

4

 평소와 같았다. 누가 언론에 말했는지 아무도 몰랐다. 나중에 검찰은 경찰 조직에 제보자가 있다고 추정했다. 너무 많은 세부 사항이 알려졌다. 여하튼 베를린에서 발행되는 가장 큰 타블로이드 신문은 일요일 저녁 판의 1면에 '호화 호텔에서의 살인'을 헤드라인으로 뽑았다. 범인의 이름은 아무도 중요하게 생각하지 않았다. 하지만 죽은 사람은 잘 알았다. 그는 독일의 거부들 가운데 한 사람이었다. 그는 '마이어 공장'의 소유주이며 이사회 의장인 한스 마이어로 독일연방공로십자훈장을 받았다. 뉴스 편집국에서는 더 많은 것을 알아내려고 노력했다. 뉴스 편집국은 기록 보관소를 검색했고 옛 보도 기사들을 읽었다. 기자들은 살해 동기를 추측했다. 대부분의 기자들은 경제 범죄라고 추측했지만, 누구도 확실한 동기를 말할 수는 없었다.

 변호사 리하르트 마팅어 교수는 목욕 가운을 입고 다리를 넓게 벌리고 소파에 드러누워 아내를 생각했다. 아내가 반제 호숫가에 있는 이 집을 찾아낸 지 거의 20년이 되었다. 통일되기 8년 전인, 그 당시 이곳 호숫가의 부동산은 터무니없이 쌌고, 새 가정들이 오래된 집으로 이사했다. 아내의 판단이 옳았다. 부동산 가격은 지난 10년 동안 몇 배로 뛰었다. 아내는 집을 꾸미고 얼마 지나지 않아 죽었다. 마팅어는 그 이후로 아무것도 바꾸지 않았다.

그의 목욕 가운은 풀려 헤쳐 있어서 하얀 가슴털이 드러났다. 그는 아주 어린 우크라이나 여성인 여자 친구에게 수음手淫을 하게 했다. 그녀는 매일 수없이 그를 얼마나 사랑하는지 그에게 말했다. 그는 상관하지 않았다. 그는 그들과 같은 관계가 항상 '상호거래'라는 사실과 기껏해야 서로에게 편안한 것도 '잠시'라는 사실을 알고 있었다. 그는 60대 중반이었고 여전히 건강했다. 전쟁 마지막 날, 그가 여덟 살이었을 때 수류탄에 맞아 왼쪽 팔뚝이 잘려나갔다. 그러나 가장 눈에 띄는 특징은 그의 눈이었다. 그의 눈은 검푸르고 눈빛은 엄청나게 강렬했다.

전화벨이 아홉 번 울렸다. 소수의 사람들만이 그의 개인 번호를 가지고 있었고, 누군가가 일요일 오후에 그에게 전화를 했다면 그것은 중요한 일임에 틀림없었다. 마침내 전화를 받았을 때, 여자 친구는 그의 무릎 사이에서 올려다보며 미소를 짓고, 그녀가 계속 해도 괜찮은지 물었다. 그는 집중할 시간이 필요했다. 그는 수화기를 어깨와 머리 사이에 끼고 커피 테이블에서 메모장을 끌어당겨 통화하면서 메모하기 시작했다. 전화를 끊고 나서, 그는 자리에서 일어나, 목욕 가운을 여미고, 여자 친구의 머리를 어루만진 다음 아무 말 없이 서재로 들어갔다.

    30분 후, 그는 운전사에게 자신의 사무실로 데려다 달라고 했다. 도중에 직접고용한 젊은 변호사들 가운데 한 명에게 전화를 해서 사무실로 오라고 요청했다. 그는 1970년대 슈탐하임 감옥에서 열린 테러리스트 재판에서 변호를 맡았다. 그의 법정 등장은 언론의 화젯거리였다. 한때 한 주간지가 그에 대해 '아주 눈부신 지성'을 가진 인물이라고 쓴 적이 있다. 당시 독일 형사소송법 역사상 처음으로, 법정에서 피고인의 권리를 위한 싸움이 실제로 벌어졌다. 학생 시위가 시작될 때 많은 사람들은 민주주의 자체가 위험에 처했다고 생각했고 테러리스트들은 국가의 적으로 간주되었다. 당시 아주 중요한 재판에서는 판결이 내려지기 전에 이미 피고인들을 가둘 감옥이 지어졌다. 이러한 재판들로 인해 법이 바뀌고, 변호인단은 판사에게 고함을 지르고, 피고인은 단식투쟁을 벌이고, 재판장은 편견을 이유로 아주 중요한 재판에서 물러나야 했다. 법정에서 전쟁이 벌어졌다. 변호사들은 새로운 것을 배웠다. 그들은 더 자신감을 갖게 되었고, 정의는 공정한 재판을 통해서만 이루어질 수 있다는 것을 그 어느 때보다 더 잘 이해하게 되었다. 그들 중 일부에게는 공정한 재판은 너무 버거웠다. 그들은 의뢰인들과 함께 명분을 만들고, 결국 선을 넘게 되고 스스로 범죄자가 되었다. 분

노가 낳은 비극이었다. 마팅어는 달랐다. 대중은 테러리스트 자신들보다 더 명확하고 효과적으로 마팅어가 테러리스트들을 옹호했다고 생각했다. 하지만 그렇지 않았다. 물론 그는 시위에 몇 번 가 봤고 학생들의 대변인들을 만났지만, 대변인들의 연설에 학생들이 감격하는 것을 보고 놀랐다. 사실 마팅어는 단지 법을 대표할 뿐이다. 그는 법치국가의 신봉자였다.

 그 이후로 그는 거의 2천 건의 재판에서 변호사로 활동했다. 그는 아직 살인 재판에서 패한 적이 없었다. 그의 의뢰인들 중 누구도 종신형을 선고받지 않았다. 그러나 시간이 지남에 따라 그의 의뢰인은 변했다. 처음에는 투기꾼과 건설업자가 왔고, 그 다음에는 은행가, 회사 사장, 오래된 명문 집안들이 왔다. 그가 마약 밀매업자, 암흑가 보스 또는 살인자를 변호하지 않은 지도 이미 오래전이다. 요즘 그는 법률 신문에 논설을 기고하고, 여러 법률 협회의 회장, 오래된 형법 주석의 공동 편집자, 훔볼트 대학교 객원 교수로 활동했다. 그는 이제 훨씬 더 우아한 세계에 살고 있었고, 법정에는 거의 나타나지 않았다. 검찰은 그의 의뢰인들에게 제기된 대부분의 소송을 많은 금액을 지불하는 대가로 재판을 거치지 않고 기각했다. 마팅어는 여전히 법치국가를 신봉했다. 그러나 싸움은 패배한 것처럼 보였다. 이따금 공항에서 밤새도록 기다리다 보면 뭔가 잃어버린 느낌이 들었다. 하지만 그것이 무엇인지 깊이 생각하고 싶지 않았다.

그는 사무실에 도착하자마자 살인 사건 전담 수사반에 전화를 걸었다. 물론 경찰 간부들과 친분이 두터운 만큼, 그는 사건에 대한 대략적인 그림을 그리기에 충분한 정보를 얻었다. 2시간 후 그는 마이어 그룹의 회사 측 변호사인 홀거 바우만에게 전화를 걸었다. 그와 그의 사무실에서 온 젊은 변호사는 대회의실에 앉아 스피커폰으로 바우만과 이야기하고 있었다. 회사 측 변호사는 회사가 전 세계적으로 4만 명이 넘는 직원을 고용해서 매년 업계 평균보다 거의 4퍼센트 높은 수익을 올리고 있으며, 지금은 회사 역사상 가장 큰 거래를 성사시키기 직전이라고 말했다. 바우만은 전임 이사회 의장이자 회사의 대주주인 마이어가 살해된 것은 재앙이라고 말했다. 회사는 신문에 회사를 언급하는 기사가 보도되는 것을 원하지 않았다고 바우만은 말했다. 바우만은 몇 년 전 자회사와 관련된 뇌물 수수 사건과 마팅어가 그곳에서 일했던 간부 직원을 대리한 재판을 언급했다. 당시 신문에 반갑지 않은 기사가 실렸다고 바우만은 말했다. 바우만의 목소리만 들어봐도, 신경이 날카로운 것처럼 들렸다. 마팅어는 자신이 바우만을 좋아하지 않았다는 사실을 새삼 기억했다.

바우만은 계속해서 회사의 누구도 마이어가 살해된 이유를 몰랐다고 말했다. 노인인 마이어는 여전히 회사의 이사회 의장이었지만, 그 범행은 회사와 아무 관련이 없는 것이 확실하다고 바우만은 말했다. 마팅어는 놀랐다. 범죄가 일어난 지 불과 몇 시간밖에 되지 앉았지만, 바우만은 지금 벌써 범행이 회사와 아무 관련이 없다고 확신을 갖고 말하고 있었다.

바우만은 계속해서 이사회는 마팅어가 살인 재판에서 회사를 대표하기를 원한다고 말했다. 마팅어는 바우만에게 그것은 불가능하며, 가족 중 한 사람이 자신에게 공동 원고의 임무를 맡아달라고 부탁해야 한다고 설명했다. 마팅어는 대부분의 민사 소송 전문 변호사들은 이 사실을 알지 못하지만, 그것이 법이라고 덧붙여 말했다. 바우만은 그것에 대해 알아보겠다고 약속했다. 그리고 한 시간 후에 살해된 마이어의 손녀이자 유일한 상속자인 요한나 마이어가 런던에서 보낸 팩스가 마팅어의 책상에 놓여 있었다.

마팅어는 요한나 마이어에게 모든 것을 처리하겠다고 약속했다. 내일 그는 베를린에 있는 검찰과 이야기를 나눈 다음 관련된 모든 사람들에게 보고할 것이다. 마팅어가 고용한 젊은 변호사는 사무실로 가서 서류 작업을 시작했다.

저녁 11시쯤 마팅어는 다시 집에 돌아왔다. 여자 친구는 평소처럼 객실에서 이미 잠들어 있었다. 그는 부엌에서 얼음물 한 잔을 들고 정원으로 나갔다. 갓 깎은 풀 냄새가 났다. 그는 넥타이를 풀고 셔츠 단추도 풀었다. 아직도 너무 더웠다. 그는 차가운 유리잔을 이마에 댔다. 뮌헨에서 열리는 임시 이사회 회의는 다음 날 오후 3시로 정해졌다. 그때까지 마팅어는 답을 얻지 못할 것이다. 그는 정확한 질문도 알지 못했다.

5

라이넨은 콜리니가 체포된 후 청원서를 작성하며 첫날밤을 보냈다. 그는 법률 교과서와 주석서를 펼쳐 놓고 아파트의 조리대 앞에 앉았다. 조리대 위에는 소형 흑백 TV가 놓여 있었다. 대부분의 시간을 그는 음소거 상태로 TV를 켜 두었다. 저녁 10시 30분 헤드라인 뉴스는 죽은 사람에 대한 짧은 영상과 설명이 없는 사진만 방송했다. 사진은 한스 마이어가 콘라트 아데나워, 루트비히 에어하르트, 헬무트 콜과 함께 찍은 것이다. 아나운서는 살해 동기가 분명하지 않고, 검찰이 아직 수사 중일 거라고 애매하게 말했다. 뉴스는 아들론 호텔, 교도소 그리고 살인사건 전담수사반이 상주하는 건물 사진을 보여주었다. 아나운서는 살인 용의자가 이탈리아 국적자라고 말했다.

새벽 다섯 시에 라이넨은 처음으로 자신이 작성한 청원서를 출력했다. 아침 일곱 시에 최종본을 완성했다. 최종본은 만족스러웠다. 하지만 청원서가 그에게 도움이 될 것이라고 확신하지는 못했다. 그는 더 이상 콜리니를 변호하지 않게 해달라고, 판사가 자신을 국선변호사로 임명한 일을 철회해달라고 요청했다.

아침 일곱 시 반에 그는 집을 나섰다. 비가 내리고 있었고 공기는 차갑고 상쾌했다. 그는 신문 가판대에서 모든 일간 신문을 구입했다. 거의 모든 신문의 1면에는 마이어가 살해된 기사가 실려 있었다.

라이넨의 아파트 아래 1층에는 빵집이 있었다. 그런데 이 빵집은 빵을 만들어서 파는 집이 아니라, 100개의 분점을 거느린 대규모 빵집 체인점 가운데 하나로, 완성된 빵을 공급받아 파는 작은 빵집이었다. 빵집 주인은 아주 뚱뚱했고, 얼굴은 붉었으며, 손은 작았다. 마치 손가락 관절이 보조개처럼 보였다. 놀랍게도 그는 빨리 움직일 수 있었지만 진열대 뒤 비좁은 통로를 지나가기에는 너무 뚱뚱했다. 그래서 그의 배에는 계산대에 쓸려 상처 난 흔적이 있었고, 앞치마에는 빵 부스러기가 묻어 있었다. 가게 앞에는 낡은 나무 의자 3개가 나와 있었다. 라이넨은 여름이면 매일 아침 그곳 보도에 앉아서 커피를 마시고 품질이 형편없는 크루아상을 먹곤 했다. 가끔 빵집 주인은 라이넨과 자리를 함께했다. 오늘 빵집 주인은 라이넨에게 왠지 무섭게 보인다고 말했다.

라이넨은 법원까지 전철을 타고 갔다. 한 기타 연주자가 밥 딜런의 노래를 크게 부르면서 전철 칸을 지나갔다. 관광객 몇 명이 연주자에게 돈을 주었다. 8시 직후 라이넨은 모아비트에 있는 법원에 도착했다.

검찰청 중범죄수사대는 3층에 있었다. 복도에 있는 창 앞에는 강철로 테두리를 한 방탄유리가 설치되어 있었다. 그는 중범죄수사대에서 변호사 시보로 3개월 동안 일했기 때문에, 이 수사대에 소속된 검사들은 거의 한눈에 봐도 알 수 있었다. 법원의 민원실에는 서류들이 천장까지 높게 쌓여 있었다. 서류들은 서류함과 선반에, 책상에 그리고 마룻바닥에 이해할 수 없는 원칙에 따라서 분류되어 놓여 있었다. 한 인간의 폭력적인 죽음과 관련된 모든 서류가 여기에 모여들었다. 모든 유형의 살인에 대한 서류들 말이다. 즉 살인, 고의적 살해, 자살폭탄테러, 죽음으로 종결되는 인질극에 대한 서류가 보관되어 있었다. 여비서들이 휴가 때 보낸 일몰, 해변, 야자나무 등을 담은 엽서들은 벽에 붙어 있었고, 컴퓨터의 모니터 화면에는 여비서들의 아이들과 남편들의 사진이 달라붙어 있었다.

라이넨은 서류 분류 번호를 말했고, 여성 서기에게 자신이 국선변호사임을 증명하는 법원의 결정 서류를 보여주었다. 서기는 라이넨에게 얇은 서류철을 건넸다. 그녀는 변호사 시보 시절부터 알고 지냈다. 그녀는 라이넨을 동정 어린 눈으로 바라보면서 그 소송이 어려울 거라고 말했다. 그리고 리하르트 마팅어가 이미 공동원고로 지원했다고 귀띔했다. 라이넨은 부검이 오후 1시에 법의학 연구소에서 진행될 예정이라고 알고 있었다.

그는 서류철을 받아들었고 콜리니를 방문해야 할지 고민했지만, 무엇을 상의할 내용이 전혀 떠오르지 않았다. 그는 변호사실과 연결된 복도를 걸어 내려가면서 서류를 죽 훑어보았다.

모아비트 형사 법원 안에 있는 변호사실은 안전한 곳이었다. 그 어떤 의뢰인, 검사, 판사, 심지어 통역사도 출입이 금지된 곳이었다. 이 변호사실은 바이마르 공화국 때부터 존재했고 막스 알스베르크와 같은 유명한 변호사는 1920년대에 이곳을 자주 찾았다. 오늘날까지 크게 달라진 것은 없었다. 변호사들은 이곳에서 신문을 읽고, 법원 민원실과 통화를 하고, 항변抗辯을 작성하고, 재판이 재개되기를 기다렸다. 1유로를 주고 법복을 빌릴 수 있었고, 여비서는 통화를 기록하며 가끔 자신이 좋아하는 변호사들에게 사탕을 선물했다. 하지만 무엇보다 이곳은 변호사들이 수다를 떨던 곳이었다. 그들은 판사들과 검사들에 대해 쑥덕공론을 했고, 재판에 대해 토론을 벌였으며, 항변에 대한 충고를 나누었고, 제휴를 맺고 다시 취소하기도 했다. 판사가 합의를 지키지 않았거나 검사가 수사를 유보했다면, 변호사들은 여기서 그 사실을 알아냈다. 그들은 솔직하게 말했고, 패소를 인정했고 승소를 뽐냈다. 이 변호사실에서 그들은 각자의 의뢰인에 대해 다른 말을 했고, 범죄로 인한 스트레스를 이겨내기 위해서 범죄에 대해 농담을 하곤 했다. 커피는 자판기에서 빼온 것으로 플라스틱과 분유 냄새가 났다. 가구는 다소 허름했고 소파의 덮개는 올이 다 드러났다.

라이넨은 변호사실 뒤에 있는 복사기로 향했다. 그는 변호사실을 가로질러 걸어가면서 줄곧 서류를 읽었다. 그러다 다른 변호사와 부딪쳐 서류를 바닥에 떨어뜨렸다. 라이넨은 사과를 한 후, 서류를 집어 들고는 계속 걸어갔다. 복사기 앞에 섰을 때, 라이넨은 리하르트 마팅어가 소파에 앉아 신문을 읽고 있는 모습을 발견했다. 라이넨은 마팅어에게 갔다.

"마팅어 씨, 좋은 아침입니다. 마팅어 씨" 라이넨은 말했다. "카스파르 라이넨입니다. 우리는 같은 재판에 출석합니다."

"파브리치오 콜리니? 한스 마이어 사건?"

"네, 맞습니다."

마팅어는 일어나서 라이넨에게 악수를 청했다.

"커피 한 잔 하실래요?" 그는 말했다.

"네, 고맙습니다. 만나서 정말 기쁘군요." 라이넨은 말했다. "형사소송법 강의를 당신에게서 들었습니다."

"내가 헛소리를 많이 하지 않았기를 바랍니다." 마팅어는 말했고 라이넨과 함께 커피 자판기로 갔다. 마팅어는 동전을 주입구에 넣었다. 두 변호사는 자판기가 갈색 플라스틱 잔을 쏟아낼 때까지 기다렸다. "오늘 아침에 자판기에서 토마토 수프를 뽑은 사람이 없었으면 좋겠습니다. 만약 뽑았다면 다음 커피 50잔은 역겨운 맛이 날 겁니다."

"고맙습니다. 그런데 이 사건은 정말 끔찍합니다." 그들은 소파로 돌아가서 앉았다. "축하합니다. 라이넨 씨, 이 사건은 정말 엄청난 사건이 될 겁니다." 마팅어는 말했다.

"전혀 그렇지 않다고 생각합니다." 라이넨은 중얼거렸다.

"왜죠?"

"나는 의뢰인을 변호하고 싶지 않습니다. 어리석게도 국선변호사를 맡게 됐지만, 변호를 계속 할 수 없습니다. 여하튼 당신은 그 사실을 서류에서 읽으시게 될 겁니다. 지금 당신에게 말씀드릴 수도 있습니다." 라이넨은 있었던 일을 설명했다. 마팅어는 이 사건에서 손을 떼게 해달라는 라이넨의 청원서를 읽어봐도 되는지 물었다. 라이넨은 그에게 복사본을 건넸다.

"청원서는 탁월합니다." 몇 분이 지난 후에 마팅어는 말했다. "청원서에 쓴 내용은 충분히 이해가 됩니다. 하지만 그것으로 충분한지는 확신이 서지 않습니다. 당신과 의뢰인 사이에 신뢰 관계가 흔들렸을 때 판결에 의해서 국선변호사의 의무에서 벗어날 수 있다는 사실은 당신도 알고 있을 겁니다. 퀼러 판사는 언제나 판결에 의해서만 결정을 내립니다. 나는 그를 기술 관료주의자라고 부릅니다."

"어떻게든 해볼 작정입니다." 라이넨은 말했다.

"우리는 초면이지요, 라이넨 씨. 혹시 내 충고를 듣고 싶지 않다면…"

"아니요." 라이넨은 말했다.

"정말 당신의 생각이 무엇인지 알고 싶습니다."

"이 사건이 당신이 변호를 맡은 첫 번째 중요한 살인 사건이지 않습니까?"

"네." 라이넨은 고개를 끄덕이면서 말했다.

"내가 당신이라면, 청원서를 제출하지 않을 겁니다."

라이넨은 놀란 눈으로 그를 바라보았다. "나는 마이어 가정에서 자랐습니다."

마팅어는 고개를 저었다. "그래서요? 다음 재판에서 그 살인은 당신이 어렸을 때 겪은 비극적인 경험을 떠올리게 할 겁니다. 그리고 그 이후의 재판은 당신이 예전에 사귀었던 여자 친구가 성폭행 당한 일을 계속 생각나게 할 수 있습니다. 그리고 의뢰인의 코가 마음에 들지 않거나 의뢰인이 거래하는 마약을 인류에게 피해를 입히는 가장 사악한 악으로 여길 수도 있습니다. 라이넨 씨, 당신은 변호사가 되고 싶어 합니다. 그러니 변호사처럼 행동해야만 합니다. 당신은 한 사람에 대한 변호를 맡았습니다. 글쎄, 아마 그건 실수였을 겁니다. 그의 실수가 아니라, 당신의 실수였어요. 이제 당신은 이 사람에 대한 책임이 있습니다. 당신은 그가 가진 전부에요. 물론 그에게 당신과 살해된 사람과의 관계에 대해 말해야 해요. 그리고 그 다음에 그에게 여전히 당신이 변호하기를 원하는지를 물어보아야 합니다. 만약 그가 원한다면―이것이 유일하게 중요한 점입니다―당신은 그를 위해 최선을 다 해야 하고, 노력해야 하고, 능력을 최대한 발휘해야 합니다. 이것은 살인 재판이지, 대학 세미나가 아닙니다."

라이넨은 마팅어가 옳은지 아니면 단지 재판에서 경험이 없는 적과 대면하고 싶었을 뿐인지 확신이 서지 않았다. 늙은 변호사는 라이넨을 다정하게 바라보았다. 아마 둘 다 사실이었을 것이다.

"심사숙고해 보겠습니다." 라이넨은 마침내 입을 열었다. "여하튼 대단히 감사합니다."

"나도 그만 가야 합니다. 경제처벌부서에서 회의가 있습니다." 마팅어는 말했다. "오늘 오후에 내 사무실을 방문하겠습니까? 우리 둘이 몇 가지 일을 논의하는 것이 이치에 맞을 것 같습니다."

"좋습니다."

라이넨은 자신이 사건을 맡으면 어떻게 콜리니를 변호할지를 마팅어가 알고 싶어한다는 걸 눈치챘다. 하지만 라이넨은 위대한 변호사를 더 잘 알고 싶었다.

6

 처음 부검을 지켜보는 사람은 자신의 죽음과 맞닥뜨린다. 현대인은 시체를 볼 기회가 없다. 시체는 일상의 세계에서 완전히 사라졌다. 가끔 길가에서 자동차에 치여 죽은 여우가 보인다. 하지만 대부분의 사람은 인간의 시체를 본 적이 없다.

 라이넨이 법의학 연구소에 도착했을 때, 이미 검사장 라이머스 박사와 살인 사건 전담 수사반에서 온 두 명의 경찰관이 법의학 연구소 소장인 바겐슈테트 교수를 기다리고 있었다 변호사가 부검에 참석하는 것은 흔한 일은 아니었다. 하지만 라이넨은 그 사건에 대해 모든 것을 알고 싶었다.

 부검대는 길이가 2.5미터, 폭은 85센티미터로, 매끄럽게 연마된 강철로 만들어졌다. 부검대는 측면에 전기톱과 드릴을 사용하기 위한 덮개를 씌운 콘센트와 위에는 무릎으로 켜고 끌 수 있는 수도꼭지, 그리고 물뿌리개가 있는 넓은 중앙 받침대에 놓여 있었다. 싱크대는 부검대에 내장되어 있었다. 부검대는 최신 모델로, 부검대의 상판은 전기로 올리고 내릴 수 있었다. 6개월 전에 부검대가 배달됐을 때, 바겐슈테트는 '겨우 알아들을 수 있을 정도' 의 작은 목소리로 말했다. 그는 새로운 장난감을 가진 소년처럼 신이 나서 학생들에게 부검대의 기계 장치를 보여주었다. 구멍이 뚫린 덮개—쉽게 청소할 수 있도록 세 부분으로 구성된—아래에는 물받이 용기가 있었다. 피와 기타 잔류물은 완만한 경사를 따라 제거 가능한 필터로 운반됐다. 부검대 위의 연기 추출기는 주방의 대형 후드처럼 보였다.

라이넨이 시체를 봤을 때, 속이 메스꺼웠다. 죽은 사람은 벌거벗었다. 강렬한 흰색 조명 아래에서 가슴과 성기 주변의 털이 굵게 보였고, 젖꼭지와 손톱은 검었으며, 모든 대비가 더 선명해졌다. 죽은 사람의 얼굴의 반은 찢겨 날아갔다. 근섬유와 뼈는 노출됐다. 아직 남아 있는 눈은 열려 있었고, 찢겼고, 우유빛이었다. 생선 눈 같다고 라이넨은 생각했다.

바겐슈테트는 부검을 시작했다. 그는 엄지손가락을 사용해서 상반신과 다리에 있는 사후반점을 눌렀다. 머리를 묶은 땅딸막한 여자 의대생인 조수는 그와 함께 시체 위로 몸을 굽혔다.

"사후반점은 진보라색입니다." 바겐슈테트는 단호하게 말했다. "시체는 문 바깥에 있지 않았습니다. 이것은 경찰의 보고서와 일치합니다." 그는 조수 쪽으로 돌아섰다. "보세요, 사후반점은 강하게 눌러주었을 때 겨우 미미하게 나타납니다. 사후반점은 앞으로 몇 초 안에 이전의 상태로 돌아가지 않을 것입니다. 직접 해보겠어요?"

조수는 시도했다.

"당신이 내린 결론은 무엇입니까?" 바겐슈테트는 물었다.

"이 남자는 최소 6시간에서 최대 36시간 전에 사망했습니다."

"맞습니다." 바겐슈테트는 상체를 일으켰다. 그는 다시 완벽하게 선생으로 돌아왔다. "이 사후반점을 정확하게 설명해보세요."

"사후 반점은 중력으로 인해 피가 혈관 내부에 가라앉을 때 나타납니다."

"네, 맞습니다. 좋아요."

그렇게 두 시간 정도 계속됐다. 바겐슈테트는 부검대 위에 매달려 있는 작은 마이크를 통해 지시를 내렸다. 근육에서 사체 경직은 아주 뚜렷하게 나타났다. 아직 부패는 진행되지 않았다. 바겐슈테트는 범죄 현장에 입회했던 의사의 보고서를 손에 들고 체온과 외부 온도에 대해 의사가 작성한 자료를 읽더니 고개를 끄덕였다. 그러더니 죽은 사람을 묘사했다. 머리, 머리카락(길이, 이마 위의 헤어 라인 높이), 얼굴, 코의 구조와 비공鼻孔 (산산히 부서져버린, 흘러나온 피와 맑은 액체, 양 귀까지 흐른 자국, 오른쪽이 눈에 띄는), 두 눈 (왼쪽 눈은 짓눌려서 형체가 없고, 오른쪽 눈은 부분적으로 존재한다, 눈의 결막은 핏기가 없다), 구강 (붉은 액체를 머금은). 바겐슈테트는 겨우 알아들을 수 있을 정도로 그리고 집중해서 말했다. 그는 조수에게 시체의 외관은 죽은 사람과 자신들의 첫 번째 접촉이라고 말했다. 또한 부검을 담당한 사람은 조심스럽게, 천천히, 존경하는 마음으로 진행해야만 한다고 강조했다. 죽은 사람의 몸을 머리끝에서 발끝까지, 체계적으로 검사하고, 눈에 띄는 특징들 사이에서 갈팡질팡해서는 안 된다고 말했다. "이 사람은 사망했습니다. 그러니 서두르지 마세요." 바겐슈테트는 말했다. 그는 죽은 사람들에게 깍듯한 예의를 갖추어 대했다. 부검대에서 농담은 금지됐다.

시체에 대한 외부 검사가 끝난 다음 내부 검사가 실시됐다. 라이넨은 다리 감각이 없어져 타일 벽에 기대지 않으면 안 됐다. 바겐슈테트는 무거운 사체를 뒤집어서 등을 해부했다. 메스로 그는 목덜미에서 천골薦骨까지, 계속해서 엉덩이까지 Y자 모양으로 절개했다. 그는 조직을 층으로 분리했고, 등의 근육을 제거했고, 연조직과 왼쪽 견갑골을 한쪽으로 치웠다. 라이넨은 눈을 감았지만, 냄새는 남아 있었다. 떠나고 싶었지만 움직일 수 없었다.

두피와 뼈 사이에는 혈관으로 가득 찬 막이 있으며, 막은 뼈에서 쉽게 제거된다. 두피박리는 힘이 거의 들지 않는다. 바겐슈테트는 학생들에게 죽은 사람의 가족은 가능한 한 훼손되지 않은 시체를 볼 권리가 있다고 가르쳤다. 그 때문에 머리 뒤쪽을 절개하고 두개골이 드러날 때까지 두피를 이마 쪽으로 밀어 올려야 한다. 그런 다음 두개골을 간단히 톱으로 잘라서 뇌를 제거해야 한다. 그다음에는 두피를 다시 끄집어 내려서 꿰매면 시체는 다시 멀쩡하게 머리를 갖게 된다.

"하지만 이번 경우에는 잘 되지 않는군요." 바겐슈테트는 설명했다. "머리의 반은 없습니다. 나머지 반도 으스러졌습니다. 그래서 다른 곳을 절개해야 합니다. 우리는 총상 자국이 필요합니다." 라틴어 용어가 이어졌고, 바겐슈테트는 입으로 지시하면서 한쪽 귀에서 다른 쪽 귀까지 절개했고, 아직 훼손되지 않은 두피를 제거했다. 젤리 모양으로 부풀어 오른 상처에서 총알 한 개가 금속 부검대로 떨어져 나왔다. 두개골 꼭대기에 총알 두 개가 더 박혀 있었다. 네 번째 총알은 왼쪽 눈구멍을 통해 빠져 나갔다. 바겐슈테트는 검사장 라이머스에게 금속 덩어리를 보여주었다. "심하게 변형됐습니다. 탄도학은 이 총알들과 씨름하느라 힘든 시간을 보낼 겁니다." 바겐슈테트는 말했다.

총알이 지나간 경로를 재구성하는 데 사용되는 길고 가는 탐침들이 왔다. 바겐슈테트는 자신이 입구 총상이라고 불렀던 '피부의 균열'에 탐침을 삽입했다. 탐침은 두개골에서 몇 센티미터 떨어진 곳을 찔렀다. 라이넨은 머리가 이제 바로크 양식의 환하게 빛나는 성자의 초상화 같다고 생각했다. 바겐슈테트는 사진을 찍었고, 오랫동안 카메라 플래시가 충전되는 소리 외에는 아무 소리도 들리지 않았다.

부검은 한 시간 동안 계속되었다. 모든 상처, 모든 출혈, 모든 조각난 뼈는 측정되고 기록됐다. 양쪽 무릎에 (5센티미터와 8센티미터) 오른쪽 팔꿈치에 (2센티미터), 맹장 수술로 인한 배에 (6센티미터), 왼쪽 팔꿈치 위에 (7밀리미터), 턱에 (9밀리미터) 각각 오래된 흉터가 있었다. 장기들은 적출되어 검사를 받고 무게가 달린다(뇌 1,380그램, 심장 340그램, 오른쪽 폐 790그램, 왼쪽 폐 630그램, 지라 150그램, 간 1,060그램, 오른쪽 콩팥 175그램, 왼쪽 콩팥 180그램). 허벅지 정맥과 심장의 혈액, 소변, 위 내용물, 간 조직과 폐 조직, 담즙은 보관됐다. 발길질은 가능한 한 정확하게 기록됐다. 범인의 구두 뒤축에 찍힌 자국은 촬영됐다. 바겐슈테트는 부검의 소견과 그에 따른 결론을 작성할 것을 지시했다. 라이머스 박사는 다리를 뻗기 위해 일어났다. 그는 다음 날 보고서를 받게 될 것이다. 그는 비서실이 과중한 업무에 시달린다는 이야기를 들었다. 바겐슈테트 교수는 시체를 다시 봉합했다.

살인사건 전담수사반의 경찰관 두 명은 부검실을 떠났다. 라이넨은 말을 할 수 없었고, 누구에게도 작별 인사를 하지 않았다. 두 명의 경찰관 가운데 한 명은 파란색과 검정색 줄무늬 셔츠를 입고 있었다. 라이넨은 그 셔츠를 뚫어지게 보면서 줄무늬 개수를 세기 시작했다. 그는 셔츠 이외에 다른 것은 보지 않았고 바깥으로 나갈 때까지 온통 셔츠의 줄에 정신을 집중했다. 바깥으로 나온 그는 법의학 연구소의 벽돌 건물 앞 계단에 서 있었다. 한낮의 열기가 그를 강타했다. 그는 상의 주머니 안에서 은으로 만든 담배 케이스를 더듬거리며 찾았다. 날씨는 쌀쌀했다. 정말 쌀쌀했다. 그는 두 손을 떨면서 담배에 불을 붙였다. 라이머스는 그 옆에 서더니 무슨 말인가를 했다. 라이넨은 그가 몇 문장을 말하고 난 다음에 비로소 그가 하는 말의 뜻을 이해할 수 있었다.

"이 사건은 변경 불가능한 것처럼 보입니다. 총알은 모두 뒤에서 그리고 위에서 발사됐습니다. 아마 첫 번째 총알은 한스 마이어가 무릎을 꿇었을 때 발사됐고, 다른 총알들은 그가 누웠을 때 발사됐을 겁니다. 저항의 흔적은 전혀 없습니다. 희생자는 아무것도 모르고 있었던 것이 분명합니다. 유감입니다, 라이넨 씨. 하지만 모든 것은 살인죄에 의한 기소로 귀결됩니다." 라이머스는 상의를 벗고 소매를 걷어붙였다. 그의 셔츠 깃은 때가 많이 묻었다. "제기랄, 너무 더워요."

"그렇군요." 라이넨의 입은 말랐고, 혀에는 백태가 끼였다.

"이뤼인과 대화를 해보십시오. 아마 그는 결국 그런 짓을 한 이유를 말할 겁니다. 이런 상황에서는 그렇게 해보는 것이 일반적으로 가장 좋은 방법입니다."

"그렇게 해보겠습니다. 감사합니다."

라이넨은 자동차를 세워둔 곳으로 갔다. 하지만 자동차가 화물 운송트럭 때문에 오도 가도 못하고 갇혀 있는 것을 발견했다. 그는 그늘진 문 입구의 따뜻한 석판 위에 앉았다. 여기는 조용했다. 밤

나무의 꽃가루가 보도와 풀밭을 붉게 물들였다. 햇빛은 뜨거운 아스팔트에서 부서졌고, 거리는 물의 표면처럼 하늘을 반사했다. 사무실 문에서 변호사 명패를 다시 떼어 내면 모든 것을 잊을 수 있을 것 같다고 라이넨은 생각했다.

7

 오후 다섯 시에 라이넨은 마팅어의 사무실 초인종을 눌렀다. 방문객 안내소는 소위 '베를린 방'에 있었는데, 창문이 단 하나인 큰 공간이었다. 이 방은 건물의 정면을 건물의 측면 별관과 후면부로 연결되는 장소이기도 하다. 여비서들 가운데 한 사람이 라이넨에게 마팅어 씨가 그를 기다리고 있다며 곧장 들어가라고 안내했다. 라이넨은 마팅어의 방 문을 두드렸고, 잠시 기다렸으나 아무 대답도 듣지 못한 채, 안으로 들어갔다.

 방은 어두웠고 라이넨의 사무실보다도 크지 않았다. 책상은 소박했다. 책상 뒤에는 팔걸이가 달린 나무 의자가 있었을 뿐, 방문객이 앉는 의자는 따로 없고, 노란색 전등, 다이얼이 있는 검정색 전화기가 있었다. 사방 벽은 마호가니로 장식되어 있고, 측벽에는 붙박이 책장이 있고, 두 개의 창문에는 나무로 된 블라인드가 드리워져 있었다. 전형적인 1920년대 사무실의 모습이었다. 엷게 상감

세공된 검정색 나무로 만든 커다란 담배 상자가 책상 위에 놓여 있었다. 마팅어는 책상 위에 두 발을 올려놓고 졸고 있었다. 그의 넥타이는 미끄러져 바닥에 떨어졌고, 오른쪽 입가에서는 침이 흘러내렸다. 빨간색 서류철 몇 개가 그 앞에 있었다. 라이넨은 서류철에 적힌 이름을 보고 그 서류철들이 사무실의 다른 변호사들에게 배당됐다는 걸 알 수 있었다. 마팅어는 깜짝 놀라 잠에서 깼고, 라이넨을 보자 입에 묻은 침을 닦으며 일어섰다. "안녕하세요, 라이넨 씨?" 그는 물었다. 술 냄새가 나지는 않았다. 하지만 상습적으로 과음하는 사람에게 배어 있는 달콤한 냄새가 풍겼다.

"피곤해 보이시는군요."

"고맙습니다. 당신이 오늘 그렇게 말한 세 번째 사람이군요."

"그렇다면 아마 사실일지도 모릅니다. 따라 오십시오. 여기는 너무 좁습니다. 발코니에 앉죠."

"사무실이 마음에 드네요."

"30년 전 쿠어퓌르스텐담의 한 건물이 개조될 때 여기에 사무실을 마련했죠. 유명한 공증인 소유 건물이었다고 하더군요."

"훌륭합니다. 그런데 너무 어둡기는 하네요."

"하지만 지금은 익숙해졌어요."

두 사람은 큰 회의실 두 개를 지나 발코니로 가서 차양 아래 밝은 색 등나무 의자에 앉았다. 비가 오고 있었다. 거리에서는 증기가 피어올랐다.

마팅어는 회의실로 돌아갔다. 라이넨은 그가 비서실에서 음료를 주문하는 목소리를 들었다. 마팅어가 돌아왔을 때, 그는 웃옷에서 잘 닳은 가죽으로 만든 담배 상자를 꺼냈다. 가는 줄무늬 양복을 입은 마팅어는 1920년대 신사처럼 보였다.

"담배를 피우십니까? 안 피우세요? 유감입니다."

그는 조끼 주머니에서 담배 천공기를 꺼내서 담배의 머리 부분에 넣고 천천히 돌려서 담배 찌꺼기를 빼냈다. 그는 제법 긴 성냥을 사용해 담배에 불을 붙였다. 그는 모든 일을 한 손으로 해냈지만, 전혀 어려워 보이지 않았다.

"당신에 대해 조회했습니다, 라이넨 씨."

"정말요?"

"뛰어난 성적으로 합격한 두 번의 국가시험, 형법 분야에서 올해의 최고 인물, 훔볼트 대학 형사소송법 교수의 조교, 법률 잡지에 실린 15편의 논문." 마팅어는 담배를 꼬나물었다. "나는 이 논문들을 모두 읽었어요. 그 중 몇 편의 논문은 정말 최고예요."

"고맙습니다."

"당신은 대학에 남거나 판사로 임용될 수 있는 제안을 받았다더군요. 그런데 당신은 두 가지 제안을 모두 거부했죠. 무조건 변호사가 되려고 했어요. 당신의 지도 교수는 당신이 두뇌가 명석하다고 생각했지만, 고집불통이라고도 말했어요." 마팅어는 웃었다.

라이넨도 같이 웃었다. 하지만 약간 불쾌했다.

"교수가 당신에게 그런 말을 했다고요?"

"교수와 나는 서로 알고 지낸 지 아주 오래 됐어요. 내가 상대하는 사람이 어떤 사람인지는 알아야겠죠?"

여비서는 커피와 물을 가져왔다. 두 사람은 베를린과 모아비트, 판사들과 검사들의 시시껄렁한 이야기에 대해 대화를 나누었다. 라이넨은 마팅어가 담배 연기를 공중에 내뿜는 모습을 바라보았다. 점차 긴장이라는 걸 느꼈다.

"그런데, 어떤 결정을 내렸어요, 라이넨 씨? 콜리니를 변호할 거예요?"

"아직 확실하지 않아요. 방금 부검에 입회하고 왔어요. 끔찍했어요."

"네, 항상 그래요. 죽은 사람을 사람으로 보지 말아요. 부검대에 누워있는 사체는 과학적 연구를 위한 물건에 불과하죠. 그런 사실을 이해하기만 하면, 부검 과정은 심지어 흥미롭기도 하죠. 물론 부검에서 받은 충격에서 완전히 벗어날 수는 없을 거예요."

라이넨은 마팅어를 살펴봤다. 그의 피부는 갈색이었고, 이마에는 수평과 수직으로 깊게 주름이 패여 있었고, 그의 밝은 눈가에는 주름살이 졌다. 라이넨은 마팅어가 몇 년 전에 장애가 있음에도 혼자 함부르크에서 남아메리카까지 항해했다는 사실을 어딘가에서 읽은 적이 있었다.

"지금 한 번 더 묻습니다. 그를 변호한다면 당신은 승산을 어떻게 평가합니까?"

"낮게 봅니다. 옷에 묻은 핏자국, 두 손에 묻은 화약 찌꺼기, 총과 탄피, 책상과 침대에 묻은 지문. 그는 직접 경찰을 부르게 했고, 체포될 때까지 호텔 로비에 앉아 있었습니다. 다른 잠재적인 범인은 보이지 않습니다. 따라서 무죄 판결을 기대하는 변호는 하지 않을 것입니다."

"아마 당신은 살인에서 과실 치사로 형량을 줄일 수 있을 것입니다."

"내가 알기로는 한스 마이어는 뒤에서 총을 맞았습니다. 그것은 살인을 암시합니다. 하지만 내가 알고 있는 것이 아직 너무 적습니다. 콜리니의 진술이 중요합니다. 그리고 그가 진술할지 여부가 중요합니다."

"살해 동기는요? 살해 동기에 대해서는 알려진 것이 아무것도 없다고 신문들은 말하고 있습니다." 마팅어는 갑자기 라이넨 쪽으로 돌아섰고 라이넨을 똑바로 보았다.

마팅어의 눈이 최면에 걸린 것 같다고 라이넨은 생각했다.

"맞습니다. 나도 아무것도 모릅니다. 한스 마이어는 정말 품위 있는 사람이었습니다. 총을 쏘아 그를 살해하려 했던 이유를 모르겠습니다."

"품위 있는 사람이라고요?" 마팅어는 다시 돌아섰다. "요즘 품위 있는 사람을 찾기란 어렵습니다. 내 나이 지금 64세입니다. 내

삶에서 품위 있는 사람을 단 두 명 알고 있는데, 한 사람은 이미 10년 전에 사망했고, 다른 한 사람은 프랑스 수도원의 수사입니다. 라이넨 씨, 사람은 흑색 아니면 백색이 아니라, 회색이라는 내 말을 믿으십시오."

"상투적인 문구처럼 들립니다." 라이넨이 말했다.

마팅어는 웃었다. "나이가 들수록, 상투적인 문구가 옳다는 것을 더 절감하게 됩니다."

두 사람은 커피를 마셨고 각자의 생각에 몰두했다.

"오늘은 너무 늦었군요." 잠시 후 마팅어는 말했다. "내일 당신의 의뢰인을 만나서 당신이 그를 변호하기를 원하는지 물어보아야 합니다."

라이넨은 늙은 변호사의 말이 옳다는 걸 알았다. 그의 의뢰인은 며칠 동안 감옥에 있어서 그는 아직 의뢰인이 한스 마이어를 살해한 이유조차 묻지 못했다. 그제서야 그는 까물까물 잠에 빠져들고 있다는 것을 알아차렸다.

"실례합니다." 그는 말했다. "집에 가야겠습니다. 어젯밤 꼬박 일했더니 지금 정말 피곤하군요."

마팅어는 일어서며 문까지 배웅했다. 라이넨은 1870년대에 지어진 것으로 추정되는 건물의 넓은 계단을 내려갔다. 계단에는 사이잘 마麻 카펫이 깔려 있고 벽은 녹색 대리석으로 치장되어 있다. 마지막 층계참에서 그는 다시 뒤를 돌아보았다. 사무실 문이 닫히는 소리를 듣지 못했다. 마팅어가 계속 출입구에 서서 라이넨을 지켜보고 있었다.

8

'왕립 미결수 교도소'는 1877년에 세워졌고 그 이후 거듭 현대화 되었다. 교도소는 붉은 벽돌로 된, 원형 중앙홀을 중심으로 별모양으로 배치된 3층 건물이었다. 요즘은 모아비트 미결수 교도소로 알려져 있다. 120년 전부터 여기에 미결수들이 수감되었고, 감방의 크기는 겨우 2~3 평방 제곱미터에 불과했고, 감방에는 침대, 탁자, 의자, 찬장, 세면기, 화장실 등이 있었다. 파브리치오 콜리니는 2구역, 145호 감방, 죄수 번호 284/01-2인 미결수였다. 창유리 뒤 여성 교도관은 명단에서 이름을 찾았다. 라이넨은 그녀에게 지방 법원의 판결이 담긴 서류를 내밀었다. 그녀는 그의 이름을 다른 명단에 기입했다. 콜리니는 이제 라이넨에게서 판사의 검열을 받지 않은 우편물을 받을 수 있게 됐다. 그녀는 인터폰으로 교도관을 불러 콜리니를 변호사에게 데려가라고 지시했다.

라이넨은 변호사들이 사용하는 작은 면회실 앞에서 기다렸다.

죄수를 호송하는 교도관들이 그 옆을 지나갔다. 교도관들은 죄수에 대해 마치 물건처럼 말했다. "너는 네 물건을 어디로 데리고 가니? 내 물건은 방금 의사에게서 돌아왔어." 이것은 교도관들이 죄수들을 경멸하려는 뜻은 아니었다. 그들 대부분은 죄수들이 어떤 범죄로 기소되었는지 알고 싶지도 않았다. 교도관들은 항상 그래왔듯이 간단한 언어로 말했을 뿐이다.

파브리치오 콜리니는 복도를 내려왔다. 라이넨은 또 다시 그의 큰 덩치에 당황했다. 콜리니를 따라오는 교도관이 전혀 보이지 않았다. 그들은 면회실 안으로 들어갔다. 면회실은 3분의 2가 노란색 유성 페인트칠이 되어 있었고, 포마이카 탁자 한 개, 의자 두 개, 세면기 하나가 있었다. 면회실의 앞 벽 높은 곳에 작은 창문이 있었다. 함석으로 만든 빈 비스킷 통이 재떨이로 사용됐고, 빨간색 비상벨이 문 옆에 설치되어 있었다. 담배, 음식, 땀 냄새가 났다. 라이넨은 창문에 등을 대고 앉았다. 콜리니는 그 맞은편에 앉았다. 그는 파란색 죄수복을 입고 있었다. 살인 사건 전담 수사반은 그의 소지품을 빼앗았다.

라이넨은 마이어 가문과의 교우 관계에 대해 이야기하면서 콜리니의 묵직하고, 뼈가 툭툭 불거진 얼굴을 쳐다보았다. 콜리니는 반응을 보이지 않았다.

"우리는 이 점을 분명히 해야 합니다. 콜리니 씨. 마이어 가문과 나의 교우 관계가 당신에게 문제가 됩니까?"

"아니요. 그는 죽었어요. 더 이상 흥미가 없어요."

"무엇이 흥미가 없다는 겁니까?"

"마이어와 그의 가족이요."

"아마 당신은 살인죄로 기소될 겁니다. 당신은 종신형을 선고받을 수 있습니다."

콜리니는 두 손을 탁자 위에 올려놓았다. "그래, 내가 했어요."

라이넨은 덩치가 큰 남자의 입을 응시했다. 그것은 사실이었다. 콜리니가 그 일을 했다. 콜리니는 마이어의 머리에 네 차례 총을 쐈다. 법의학자들이 부검하기 위해 라이넨의 친구인 마이어의 몸을 해부하고 소송을 제기했으니, 콜리니에게 책임이 있었다. 콜리니는 구두 뒤축이 떨어져 나갈 때까지 한스 마이어의 얼굴을 짓이겼다. 라이넨은 이 얼굴을, 주름을, 얇은 입술을 그리고 웃음을 기억했다. 법이 자신에게 너무 많은 것을 요구한다고, 자신은 콜리니를 변호할 수 없다고, 도저히 콜리니를 쳐다볼 수 없다고 라이넨은 생각했다.

"그를 살해한 이유가 뭡니까?" 라이넨은 침착하게 물었다.

콜리니는 자신의 두 손을 쳐다보며 말했다. "이 두 손으로."

"그래요, 당신이 했어요. 하지만 왜? 당신은 내게 그 이유를 말해야 해요."

"말하고 싶지 않아요."

"그렇다면 당신을 변호할 수 없어요."

높은 창 앞의 철창 그림자가 노란 벽에 희미하게 비쳤다. 복도에서 두 사람은 여성 교도관이 죄수들의 이름을 부르는 소리를 들었다. 콜리니는 가슴 주머니에서 담뱃갑을 꺼내더니 담배 한 개비를 빼내 입에 물었다.

"라이터 있습니까?" 그는 물었다.

라이넨은 고개를 저었다.

콜리니는 일어나서 세면기 쪽으로 걸어갔다가 문 쪽으로 가더니 다시 세면기 쪽으로 돌아왔다. 라이넨은 콜리니가 라이터를 찾는다는 걸 알고, 라이터를 갖고 있지 않은 것에 미안한 마음이 들었다.

"혹시 자백할 준비가 됐습니까? 우리가 살인 혐의로 패소하더라도, 자백은 법원이 당신의 형량을 줄이는 근거가 될 것입니다. 그렇게 하시겠어요?"

콜리니는 다시 앉았다. 그의 시선은 장식 없는 벽의 한 지점에 고정된 것 같았다.

"최소한 이렇게 하시겠어요? 그를 살해한 방법만 말씀하시면 됩니다. 이유가 아니라 방법만. 내 말을 이해하시겠습니까?"

긴 침묵 후에 콜리니는 말했다. "네."

그는 간단하게 '네'라고만 말했다. 그것이 전부였다. 콜리니는 일어섰다. "지금 감방으로 돌아가고 싶어요."

라이넨은 고개를 끄덕였다. 콜리니는 문 쪽으로 걸어갔다. 두 사람은 악수를 하지 않았다. 그들의 대화는 채 15분도 지속되지 않았다.

교도관은 바깥에서 그를 기다리고 있었다. 교도관은 목이 굵고 뚱뚱했다. 그가 입은 연한 갈색 유니폼 셔츠가 배를 바짝 조여서 아래쪽 단추 사이로 속옷이 드러났다. 그는 콜리니의 가슴을 흘낏 보고 허공에 대고 말했다. "그럼, 가볼까."

콜리니와 교도관은 나란히 걸어갔다. 하지만 그들이 복도에 있는 첫 번째 빗장이 달린 문에 도착하기 전에 이상한 일이 일어났다. 콜리니는 복도 한가운데 서서 생각에 잠긴 것 같았다.

"도대체 무슨 일이야?" 교도관이 물었다.

콜리니는 대답하지 않았다. 그는 거의 일분 동안 자신의 구두 앞부리를 내려다보면서 꼼짝도 하지 않고 서 있을 뿐이었다. 그런 다음 심호흡을 하고 돌아서서, 라이넨이 사용했던 면회실로 돌아갔다. 교도관은 어깨를 으쓱하며 콜리니의 뒤를 따라갔다. 콜리니는 노크도 하지 않고 문을 열었다. 라이넨은 마침 자신의 물건을 정리하고 있었고, 놀란 표정으로 그를 올려다보았다.

"변호사님, 당신에게 이 일이 쉽지 않다는 걸 압니다. 미안합니다. 다만 당신에게 감사하다는 말을 하고 싶었습니다."

콜리니는 라이넨에게 고개를 숙여 가볍게 인사를 했다. 대답을 기대한 것 같지 않았다. 그는 돌아서서 복도를 다시 내려갔다. 다리를 넓게 벌린 채, 서두르지 않고.

라이넨은 변호사 전용 출구로 돌아가려 했다. 그런데 길을 잘못 들었다. 여성 교도관이 그를 멈춰 세워 갈 길을 알려주었다. 그는 방탄 유리문이 열릴 때까지 몇 분을 기다려야 했다. 문 위의 회반죽은 벗겨져 있었다. 그는 신분증을 검사하고 메모용 공책에 이름을 기록하는 교도관들을 쳐다보았다. 유죄 판결 혹은 무죄 판결을 감방에서 기다리는 미결수들이 있는 이 세계는 비좁았다. 여기에는 교수도 없고, 교과서도 없고, 토론도 없었다. 모든 것은 심각하고 최종적이었다. 그는 국선변호사를 맡지 않을 수 있었다. 굳이 콜리니를 변호할 필요가 없었다. 콜리니는 그의 친구를 살해했으니 그 이유를 들어 변호를 거부하고 국선변호사의 일을 끝내버리면 그만이었다. 누구나 이런 사정을 이해할 것이다.

교도소 밖에서 라이넨은 택시를 타고 집으로 갔다. 뚱뚱한 제빵사가 가게 앞에 파라솔이 설치된 나무 의자에 앉아 있었다.

"어떻게 지내세요?" 라이넨이 물었다.

"더워요." 제빵사는 말했다. "그런데 가게 안은 더 더워요."

라이넨은 의자를 벽에 기대고 앉아서, 눈을 가늘게 뜨고 태양을 바라보았다. 그는 콜리니를 생각했다.

"어떻게 지내세요?" 제빵사가 물었다.

"뭘 해야 할지 모르겠어요."

"뭐가 문제예요?"

"한 사람을 변호해야 할지 말지를 결정하기 힘들군요. 그 사람은 내가 잘 알던 사람을 살해했어요."

"하지만 당신은 변호사이잖아요."

"음…" 라이넨은 고개를 끄덕였다.

"당신도 알다시피, 나는 매일 새벽 5시에 가게 셔터를 올리고 불을 킨 채 공장에서 오는 냉동차를 기다립니다. 준비한 반죽을 오븐에 넣고 아침 7시부터 하루 종일 배달된 물건을 팝니다. 날씨가 나쁘면 가게 안에 있고, 날씨가 좋으면 여기 햇빛을 즐기며 앉아 있죠. 나는 제대로 된 설비와 제대로 된 재료를 사용하는 제대로 된 빵집에서 제대로 된 빵을 만들고 싶습니다. 하지만 현실은 전혀 그렇지 않죠."

달마티안 사냥개를 동반한 한 여성이 두 사람 앞을 지나서 가게 안으로 들어갔다. 제빵사는 일어서더니 그 여성을 뒤따라갔다. 잠시 후에 제빵사는 얼음물 두 잔을 들고 돌아왔다.

"내가 말하는 의미를 아시겠어요?" 제빵사는 물었다.

"전부 다 알지는 못해요."

"아마 나는 언젠가 제대로 된 빵집을 가질 수 있을 거예요. 옛날에 그런 빵집을 가진 적이 있죠. 그런데 이혼하면서 날려버렸어요. 지금 나는 여기서 일해요. 그게 다예요. 아주 간단해요."

그는 단숨에 물잔을 비웠고 얼음 조각 한 개를 으드득 씹었다.

"당신은 변호사입니다. 당신은 변호사가 해야 할 일을 해야만 합니다."

두 사람은 그늘에 앉아 지나가는 사람들을 쳐다보았다. 라이넨은 아버지를 생각했다. 아버지의 세계에서는 모든 것이 단순하고 분명한 것 같았다. 비밀은 없었다. 그의 아버지는 그가 피고 측 변호사가 되는 것을 원하지 않았다. 피고 측 변호사는 품위를 유지할 수 있는 직업이 아니고, 품위를 유지하기에는 모든 일이 너무 복잡하다고 아버지는 말했다. 라이넨은 겨울철 오리사냥을 기억했다. 아버지는 총을 쐈다. 오리는 연못의 얼음에 세게 부딪쳤다. 아버지가 기르던 개는 당시 아직 어려서 아버지의 신호를 기다리지 않고 오리를 찾으러 달려갔다. 연못 가운데 얼음은 얇았다. 개는 얼음을 깨고 물 속으로 들어갔다. 개는 포기하지 않았다. 개는 얼음장처럼 찬 물 속을 헤엄쳐서 오리를 땅으로 꺼내왔다. 아무런 말없이 아버지는 상의를 벗어서 안감으로 개를 문질러 말렸다.

아버지는 개를 상의에 감싸서 집으로 데려갔다. 이틀 동안 아버지는 개를 무릎에 앉힌 채 불 앞에 앉아 있었다. 개가 기력을 회복하자, 아버지는 그 개를 마을의 한 가정에게 선물로 주었다. 그 개는 사냥하기에는 쓸모가 없다고 아버지는 말했다.

라이넨은 제빵사에게 아마도 제빵사가 옳을지도 모른다고 말하고 나서 자기 아파트로 갔다. 저녁에 요한나에게 전화를 걸었다. 그는 자신은 다른 선택권이 없으며, 콜리니를 계속 변호해야겠다고 말했다. 그의 의뢰인은 자백할 것이며, 그것이 자신이 할 수 있는 전부일 거라고 말했다. 긴 대화였다. 요한나는 처음에는 화가 났다가 나중에는 어찌할 바를 모르다가 결국 자포자기했다. 요한나는 그 남자가 그런 짓을 한 이유를 계속 물었다. 그녀는 그를 단지 '그 남자'라고 불렀다. 그녀는 울었다.

"너를 보러 갈까?" 하고 그녀가 할 말을 다 하고 난 다음 라이넨은 물었다. 그녀는 오랫동안 대답하지 않았다. 침묵 속에서 라이넨은 그녀의 나무 팔찌가 서로 부딪치는 소리를 들었다.

"응," 그녀는 결국 말문을 열었다. "하지만 난 시간이 필요해."

통화를 끝냈을 때, 라이넨은 피곤하고 외로웠다.

2주가 지나서야 콜리니는 자백했다. 카이트슈트라세에 있는 낡은 건물의 취조실은 비좁았다. 취조실 안에는 연회색 책상 두 개, 창문 하나, 미지근한 커피가 담긴 머그잔이 있었다. 경찰관 두 명이 취조를 준비하고 있었다. 검찰에서 보낸 서류들이 그들 앞에 놓여 있었다. 그들이 물어보고 싶은 것이 기록된 페이지에 노란색 포스트 잇이 붙어 있었다. 두 명의 경찰관 중 나이가 많은 경찰관이 살인사건 전담 수사반 반장이었다. 그는 성인이 된 세 자녀를 두고 있었고, 초콜릿이라면 사족을 못 썼다. 36년의 경찰관 생활 덕분에 그는 냉소적인 사람에서 침착한 사람으로 변했다. 그는 죄수들을 사람으로 대했고, 그들이 말하게 했고 그들의 말을 들었다. 다른 한 명의 경찰관은 전담 수사반에서 아직은 신출내기였다. 그는 마약 관련 범죄 부서에서 새로 전입해 왔고 신경질적이었다. 그는 동료들보다 더 자주 사격장에 갔다. 그의 구두는 매일 아침 반짝반짝 닦여 있었다. 여가는 주로 체육관에서 보냈다.

이 젊은 경찰관은 사진첩에서 사진들을 꺼내 콜리니 앞에 내놓았다. 노란색 판지 위에 붙은 범행 현장을 찍은 사진들인데, 죽은 사람의 박살난 머리를 너무 세밀하게 촬영한 사진들이다. 라이넨이 막 항의하려던 참에, 늙은 경찰관은 콜리니가 자백했으니 사진은 필요 없다며 젊은 경찰관을 나무랐다. 늙은 경찰관은 사진첩을 책상에서 치우려 했다. 하지만 콜리니는 커다란 두 손을 사진첩 위에 올려놓더니 꽉 누르고 있었다. 늙은 경찰관이 사진첩을 빼앗자 콜리니는 사진첩을 자기 쪽으로 끌어당겨 펼쳐보았다. 콜리니는 몸을 숙여 사진을 한 장씩 살펴보았다. 그는 자기만의 시간을 보냈다. 방안에서 오랫동안 아무도 말을 하지 않았다. 사진들을 다 보고나서 콜리니는 사진첩을 닫고 다시 책상 위로 밀었다. 콜리니는 책상을 물끄러미 바라보면서 "그는 죽었군요"라고 말했다. 그런 다음에 그는 기자로 위장해서 전화로 마이어의 여비서와 인터뷰 날짜를 잡았으며 그 후에 어떻게 호텔 방으로 들어가서 마이어를 살해했는지를 경찰관들에게 설명했다. 살해 무기에 대한 질문을 받자, 콜리니는 그 무기를 이탈리아의 벼룩시장에서 구입했다고 말했다.

라이넨은 의뢰인 옆에 앉아서 경찰관들이 조서에 기록하려 했던 문장을 고쳤다. 문장을 고치지 않을 때는 메모장에 작은 막대

기들을 그려 넣었다. 라이넨은 콜리니에게 피의자는 언제나 묵비권을 행사할 수 있으며, 피의자가 자백하는 경우, 판사는 자백을 정상 참작해서 피의자를 더 관대하게 처벌하는 경향이 있다고 설명해주었다. 하지만 살인의 경우에는 언제나 종신형이라서 정상 참작은 어렵다고, 다만 과실 치사의 경우에는 자백이 도움이 된다고 덧붙였다.

두 시간이 지난 후, 경찰관들은 범행 그 자체에 대해서는 더 이상 질문하지 않았다. 라이넨은 일어서더니 경찰관들에게 취조는 끝났다고 말했다. 경찰관들은 놀랐다.

"괜찮으시다면, 우리는 이제 막 문제의 핵심 즉 당신의 의뢰인의 살해 동기에 대해 다룰 참입니다. 라이넨 씨. 우리는 살해 동기에 대해 이야기해야 합니다." 늙은 경찰관이 말했다.

"미안합니다." 라이넨은 예의를 유지했다. 그는 메모장을 서류 가방에 도로 넣었다. "파브리치오 콜리니는 범행을 자백했습니다. 그는 더 이상 말하지 않을 겁니다."

경찰관들은 항의했다. 하지만 라이넨은 양보하지 않았다. 늙은 경찰관은 한숨을 쉬더니 서류들을 모았다. 그는 자신이 할 수 있는 일이 없다는 걸 알고 있었다. 젊은 경찰관은 포기하려 하지 않았다. 오후 늦게 죄수를 교도소로 호송하기 위해서 무장한 버스가 경찰서에 도착했을 때, 젊은 경찰관은 콜리니와 함께 버스 뒷좌석에 탔다. 젊은 경찰관은 콜리니에게 변호사가 입회하지 않더라도 말할 수 있다고, 라이넨은 분명히 괜찮은 사람이지만 아직 젊고 살인 사건에 대한 경험이 없다고, 젊은 변호사들은 의뢰인에게 올바른 충고를 하지 못한다고, 그들은 상황을 악화시킬 뿐이라고 말했다.

콜리니는 젊은 경찰관을 아예 쳐다보지도 않았다. 그는 잠든 것 같았다. 하지만 경찰관이 더 가까이 다가가 그의 이름을 부르자, 콜리니는 그를 향해 돌아섰다. 앉아도 콜리니의 키는 경찰관보다 머리 하나하고도 반이나 더 컸다. 콜리니는 그 커다란 머리를 숙이고 그에게 속삭였다. "꺼져."

젊은 경찰관은 호송 차량의 다른 구석으로 옮겨갔다. 콜리니는 상체를 뒤로 젖히고 다시 눈을 감았다. 차량이 움직이는 동안 두 사람은 아무 말도 하지 않았다. 그런 일이 있은 다음 어떤 경찰관도 변호사 입회 없이 죄수에게 말을 걸지 않았다.

*

심문 전에도 관례에 따른 수사가 시작됐다. 콜리니의 사진을 얻기 위해서 경찰은 할 수 있는 일을 다 했다. 콜리니는 1950년대에 외국인 노동자로 이탈리아에서 독일로 왔다. 그는 슈투트가르트에 있는 벤츠 공장에서 견습생으로 시작해서 기능공 시험에 합격한 다음, 2년 전 은퇴할 때까지 회사와 고락을 함께 했다. 회사의 인사 기록에는 그에 대한 기록이 거의 없었다. 그나마 남아 있는 기록을 보면 그는 양심적이며, 신뢰할만한 인물로, 병가를 거의 사용하지 않았다. 콜리니는 미혼이었다. 그는 뵈블링엔의 1950년대에 지은 주택 단지에 있는 집에서 35년 동안 주소를 바꾸지 않고 살았다. 가끔 여자와 함께 있는 모습이 목격될 때도 있었다고 한다. 이웃들은 그가 조용하고 친절한 사람이었다고 말했다. 그는 전과가 없었으며, 뵈블링엔 경찰이 전혀 모르는 인물이었다. 수사관들은 옛 직장 동료들로부터 콜리니가 휴가를 언제나 제노바 근처에 있는 친척집에서 보낸다는 소문을 들었다. 하지만 이탈리아 당국도 수사관들에게 아무것도 말해줄 수 없었다.

수사 판사는 그의 아파트에 대한 수색 영장을 발부했다. 하지만 그곳에서도 경찰은 살인을 암시하는 그 어떤 단서도 찾지 못했다. 수사 결과 그의 재정 상태도 문제가 없었다. 총을 식별하기 위해 이탈리아 경찰에 사법 공조를 요청했지만, 그 총이 다른 범행에 사용됐다는 단서는 없었다.

수사관들은 모든 단서를 추적했지만, 6개월이 지나서도 수사는 제자리걸음으로 진척이 없었다. 수사관들은 희생자 한 명과 범죄를 자백한 살인자 한 명을 확인한 것 외에 다른 성과를 거두지 못했다. 수사를 이끌었던 총경은 검사장 라이머스에게 규칙적으로 보고했다. 결국 라이머스는 멋쩍었는지 어깨를 으쓱할 수밖에 없었다. 총경은 살해 동기는 복수임에 틀림없었지만, 희생자와 살인자 사이에 연결고리를 전혀 찾을 수 없었고, 콜리니는 미지의 인물이었다고 라이머스에게 말했다. 콜리니가 마침내 정신과 전문의의 검사를 거부했을 때, 경찰과 검찰은 더 이상 추가 수사를 할 수 없었다.

　검사장 라이머스는 강력계 형사들에게 가능한 한 많은 시간을 주었다. 가끔 수사 도중 놀라운 일이 생겼다. 그 놀라운 일은 사소한 것이었지만 모든 것을 설명했다. 인내해야 했고 침착해야 했다. 하지만 이 소송에서는 변한 것이 아무것도 없었다. 모든 것이 첫 날과 마찬가지로 그대로였다. 라이머스는 여러 달을 기다렸고 마침내 책상에 앉아서 모든 것을 다시 읽고 마무리 발언과 공소장을 작성했다. 물론 라이머스는 콜리니를 살인죄로 기소하기 위해서 콜리니의 살해 동기를 알 필요는 없었다. 피의자가 묵비권을 행사한다면, 그것은 그의 일이다. 누구도 그에게 진술을 강요할 수 없다. 하지만 라이머스는 열린 결말을 원하지 않았다. 라이머스는 편히 잠을 자고 싶었고, 자신이 옳은 일을 하고 있다는 것을 알고 싶었다.

　그날 저녁 사무실을 떠나기 전에, 그는 서류들과 공소장을 옛 프로이센 행정 관청에 의해 발명된, 여러 칸으로 구성된 나무 서류 보관함 위에 놓았다. 다음 날 그 서류들을 경찰관이 수합해서 가져갈 것이다. 공소장에는 직인이 찍힐 것이며, 누군가 그 공소장을 지방 법원의 우편물 담당 부서로 가져갈 것이며, 그 공소장은 배심 법원의 서류 번호를 부여 받을 것이다. 라이머스는 할 일을 마쳤다. 일은 순조롭게 진행될 것이다. 그리고 그 일은 이제 그의 손에서 벗어났다. 하지만 그는 집으로 돌아가면서 불안했다.

콜리니가 체포된 후 몇 달 동안 카스파르 라이넨은 잘 지냈다. 그는 지역 신문에 여러 번 언급됐고 새로운 의뢰인들이 찾아왔다. 그는 6건의 마약 거래, 1건의 사기, 1건의 사내 소액 횡령, 1건의 술집 폭력 사건에서 변호를 맡았다. 라이넨은 꼼꼼하게 일했고, 능숙하게 증인들을 심문했다. 그는 이 기간 동안 단 한 건의 소송에서도 패하지 않았다. 모아비트 형사 법정 주변에서는 차츰 그가 무시할 수 없는 변호사라는 이야기가 나돌았다.

그는 일주일에 한번 교도소로 콜리니를 찾아갔다. 그의 의뢰인은 어떤 소원도 어떤 불평도 입 밖에 내지 않았다. 언제나 공손하고 차분했다. 하지만 콜리니는 살해 동기에 대한 라이넨의 질문에는 모르쇠로 일관했다. 라이넨은 모르쇠로 일관하면 의미 있는 변호를 하는 것이 불가능하다고 거듭 설명했지만, 콜리니는 말을 하지 않거나, 가끔 이제 와서 그 누구도 상황을 바꿀 수는 없다고 말할 뿐이었다.

마팅어와 라이넨은 종종 저녁에 마팅어의 사무실 발코니에서 한 시간씩 만났다. 마팅어는 발코니에서 담배를 피우면서 1970년대의 굵직한 형사 재판에 대해 이야기하곤 했다. 라이넨은 마팅어의 말을 듣는 게 즐거웠다. 콜리니 사건에 대해서 두 사람은 아무 말도 하지 않았다.

9

 살인죄가 라이넨의 사무실에 접수되고 이틀 후에 요한나에게서 전화가 왔다. 요한나는 라이넨에게 꼭 이야기할 것이 있다며, 뮌헨으로 와줄 수 있는지 물었다. 그때 그녀의 목소리는 낯설게 들렸다. 라이넨은 아버지가 물려 준 낡은 벤츠를 몰고 베를린에서 뮌헨으로 갔다. 그는 막시밀리안 거리에 있는 '포시즌스 호텔' 앞에 차를 세웠다. 한스 마이어의 회사는 항상 호텔 정면 방향으로 전망이 좋고 값비싼 방 두 개를 손님들을 위해 예약해 놓았다.

 그들은 그날 오후 마이어 공장 뮌헨 지점에서 만났다. 회의실, 큰 타원형의 호두나무로 만든 테이블, 초록색 커튼, 그는 이 모든 것을 알았다. 어린 시절 그는 자주 여기서 마이어와 함께 지냈다. 그는 책을 읽고 늙은 신사가 자신을 다시 데리고 갈 때를 기다리면서 이 테이블에 앉아 있었다. 지금 요한나는 그녀의 할아버지가 앉았던 자리에 앉아 있었다. 그는 그녀에게 가서 뺨에 키스를 했다.

그녀는 심각했고 그를 쳐다보지 않았다. 도자기 접시에 가지런히 놓여 있는 비스킷에는 손도 대지 않았다.

회사 측 변호사는 성급하게 행동하는 체구가 작은 사람이었다. 그가 말하는 동안 그의 커프스 단추가 탁상에 부딪쳤다. 5분 후 라이넨은 이 만남이 무의미하다는 걸 분명히 알게 됐다. 회사 측 변호사는 아무것도 몰랐다. 그는 회사의 기록 보관소를 샅샅이 뒤졌지만, 콜리니와 관련된 청구서조차 찾지 못했다고 말했다. 그는 그런 대화에서 으레 나오는 종류의 말을 계속 반복했다. "나는 그 문제에서 당신과 전적으로 의견이 같습니다… 조만간 결정합시다… 계속 연락합시다." 그가 라이넨을 초대했던 이유는 단지 라이넨의 변호 계획을 알고 싶었기 때문이다. 라이넨이 자신처럼 당황한다는 걸 알아채자, 그들의 대화는 신속하게 종결됐다.

*

라이넨은 도로를 가로질러 호텔로 갔다. 짐은 이미 그의 호텔 방 안에 와 있었다. 그는 옷을 벗고 욕실로 들어갔다. 그는 고통스러울 정도로 뜨거운 물로 샤워를 했다. 긴장이 서서히 풀렸다. 그가 벌거벗은 채 방으로 돌아왔을 때, 요한나가 창문 앞에 서 있었다. 그녀는 여분의 열쇠를 갖고 있었다. 그녀는 커튼을 조금 젖히고 거리를 내다보았다. 청록색 하늘을 배경으로 실루엣이 드러났다. 아무 말 없이 그는 그녀의 뒤로 걸어갔다. 아무 말 없이 그녀는 그에게 기댔다. 그녀는 머리를 그의 가슴에 얹었다. 그는 두 팔로 그녀를 껴안았다. 그녀는 그의 두 손을 쓰다듬었다. 바깥에는 눈이 내렸다. 차들이 조용히 지나가고 있었다. 전철의 지붕에는 하얗게 눈이 쌓였다. 잠시 후에 그는 그녀의 드레스 지퍼를 내리고, 그녀의 어깨에서 드레스를 벗기고, 브래지어를 풀었다. 아래 거리의 맞은편 가게에서 한 남자가 구입한 물건들을 들고 나오다가 미끄러졌다. 그는 넘어지기 전에 몸의 균형을 잡았지만 물건이 담긴 봉지를 잡지는 못했다. 작은 오렌지색 상자들이 눈으로 떨어졌다. 카스파르는 그녀의 목덜미에 키스를 했다. 그녀의 목은 따뜻했다. 그녀는 그의 손을 잡고 자신의 작은 가슴을 눌렀다. 그녀는 뒤에서 손을 뻗어서 그를 애무하기 시작했다. 거리의 그 남자는 작은 상자들을 집어 올리고 손짓으로 택시를 불렀다. 요한나는 등을 돌렸다. 그녀의 입은 반쯤 열려 있었다. 카스파르는 그녀에게 키스를 했다. 그녀의 뺨은 젖어 있었다. 그는 짭조름한 맛을 느꼈다. 그녀는 두 손으로 그의 얼굴을 가져다가 붙잡았다. 잠시 그들은 조용히 서 있었다. 그러더니 그녀는 다시 창문 쪽으로 몸을 돌려서 라디에이터 덮개에 팔을 기대고 등을 곧게 폈다. 그는 그녀 안으로 파고들었다. 그는 그녀의 견갑골, 하얀 피부, 등의 얇은 수분막을 보았다. 모든 것이 깨지기 쉽고, 동시적이며 최종적이었다. 한참 시간이 흐른 뒤에 그들은 지쳤고, 더 이상 욕망을 느끼지 못한 채 침대에 누웠다. 그들은 필립에 대해, 로스탈과 그들의 여름에 대해 이야기를 나누었다. 이윽고 차츰 그들의 말수는 줄어들었다. 잠을 자면서 카스파르 라이넨은 덧없는 것을 붙잡으려는 것처럼 한 손으로 주먹을 쥐었다.

*

그는 일찍 눈을 떴다. 요한나는 등을 대고 누워 있었다. 그녀는 머리를 그의 팔꿈치 안쪽에 기대고 조용히 그리고 고르게 숨을 쉬고 있었다. 라이넨은 그녀를 오랫동안 쳐다보다가 일어나서, 어둠 속에서 옷을 입고, 그녀에게 짧은 메모만 남긴 채 소리 나지 않게 문을 닫았다. 호텔 로비는 사람으로 넘쳤고 시끄러웠다. 대표자 회의가 호텔에서 열리고 있었다.

그는 바깥으로 나가서 전철을 탔다. 승객들은 피곤해 보였고 그 중 승객 몇 사람은 자리에 앉아 졸고 있었다. 창의 안쪽에는 김이 서려 있었다. 그는 티볼리 거리에서 내려서 영국 정원을 가로질러 걷다가 눈을 밟으며 클라인헤셀로어 호수로 갔다. 거리에서 채 1 킬로미터도 떨어지지 않은, 시내 한복판에서 그는 작은 논병아리들, 댕기흰죽지 오리, 흰죽지 오리, 붉은 관이 달린 흰죽지 오리, 청둥오리, 큰 물닭, 회색 거위와 막대 머리 거위 그리고 특히 까마귀 떼를 보았다. 어린 시절에 그의 아버지가 그에게 새들에 대해서 가르쳤다. 아버지는 까마귀가 모르는 게 없다고 말했다. 라이넨은 공원 벤치에서 눈을 치우고 앉아서, 추위에 얼굴이 굳어지고 어깨가

뻣뻣해질 때까지 오랫동안 새들을 바라보았다.

　오후 늦게 라이넨은 요한나를 마이어 공장 뮌헨 지점에서 차를 태워 로스탈로 갔다. 그들은 답을 찾기 위해서 한스 마이어의 개인 서류들을 살펴볼 계획이었다. 로스탈은 뮌헨에서 차로 넉넉히 한 시간밖에 걸리지 않는 곳이지만, 그들이 도착했을 때 그곳은 전혀 다른 세상 같았다. 집과 공원은 눈에 파묻혀 있었고 겨울의 빛은 푸른빛을 띠고 있었다. 그들은 원형의 정원길을 지나서 계단 앞에 차를 세웠다. 마이어의 마지막 가정부인 포메렝케 부인이 마중을 나와주었다. 그녀는 약간 비틀거리면서 계단을 내려오더니 눈물을 글썽이며 요한나를 껴안았다. "오, 카스파르, 당신을 집에서 다시 보게 되다니 얼마나 좋은지 몰라요"라고 그녀는 덧붙여 말했다. 그녀는 큰 벽난로에 불을 피우더니 부엌에 저녁 식사가 준비되어 있으니 데워 먹기만 하면 된다고 말했다. 그런 다음 그녀는 하우스키핑 사무실 옆, 방 두 개짜리 거처로 돌아갔다. 조금 후에 그녀가 텔레비전을 켜는 소리가 들렸다.

　요한나와 라이넨은 가구와 전등이 흰색 천으로 가려진 방을 돌아 보았다. 창의 덧문은 닫혀 있었다. 서늘하고 조용했다. 서재의 대형 괘종시계만 째깍째깍 소리를 냈다. 가정부가 아직도 매일 시계의 태엽을 감고 있는 것 같았다. 서재에 드려진 커튼의 틈 사이로 빛이 비쳐 들어서 책상을 넓은 줄무늬로 나누었다. 여기서 한스 마이어는 매일 신문을 읽었다. 신문은 빳빳함을 유지하고 잉크가 손에 묻어나지 않도록 항상 부엌에서 가장 먼저 다림질되었다. 두 사람은 미동도 없이 우두커니 서서 책상을 바라보았다. 그녀는 먼저 몸을 뿌리치더니 라이넨을 껴안고 키스를 했다. 라이넨은 그녀가 자신들이 살아 있다는 것을 확인하고 싶어 하는 것처럼 느꼈다.

그들은 책상에서 천을 벗겨냈다. 서랍 두 개는 잠겨 있지 않았다. 서랍에는 맞춤 봉투가 있는 다양한 크기의 편지지, 연필 세트, 낡은 만년필 두 자루, 카세트가 없는 구술 녹음기만 있었다. 책장에는 깔끔하게 라벨이 붙은 수없이 많은 서류철, 장부, 가계부, 초대장, 사업 관련 편지, 사적인 편지 등이 모두 연도순으로, 그리고 알파벳 순서에 따라 정리되어 있었다. 두 사람은 진녹색 소파에 마주 보고 앉아서 연도순으로 정리된 사진 앨범에 들어 있는 사진들을 대충 훑어보았다. 라이넨은 필립과 함께 사진들을 보곤 했던 모습을 기억했다. 가족 파티, 소풍, 이탈리아에서의 휴가, 아프리카에서의 사파리, 오스트리아 산에서의 사냥. 두 사람은 사진에 있는 대부분의 얼굴을 알았다. 요한나는 '카스파르 라이넨'이라는 라벨이 붙은 앨범을 발견했다. 한스 마이어는 라이넨이 어린 아이였을 때 자신에게 보낸 증명서들, 즉 연방 청소년경기 참가증, 초급수영자격증과 고급수영자격증, 기숙사학교 활강경기 선수권 대회 2등상 등을 이 앨범에 보관해 두었다. 나중에 한스 마이어는 라이넨이 법률 신문에 썼던 논문들과 판결에 대한 논평을 챙겨두라고 회사 법률 부서에 지시했었다. 그것들 역시 서류철의 투명 비닐 안에 들어 있었다. 한스 마이어는 가끔 한 문장을 강조하거나 한 단락에 물음표를 달았다.

　몇 시간 후 허기를 느낀 그들은 부엌으로 갔다. 쇠고기 구이와 요리사가 만든 지 얼마 안 된 따뜻한 빵이 있었다. 그들은 낮은 목소리로 말했다. 소리는 어둠 속에서 부정확하게 들렸기 때문이다. 요한나는 자신의 결혼에 대해 말했다. 그녀는 그녀의 부모가 사망했을 때 남편이 자신 옆에 있으면서 매일 고독과 죽음으로부터 자신을 보호해주었다고 말했다. 하지만 차츰 일상의 여러 가지 일이 그녀의 발목을 잡았다. 어느 땐가부터 아침 식사 시간에 남편의 얼굴을 보고 싶지 않았다. 그녀는 그런 마음이 저녁이 되면 사라질 것으로 생각했지만, 다음 날 아침 식사 시간까지도 남편의 얼굴을 보고 싶지 않았다고 라이넨에게 말했다. 그녀는 그런 상황을 2년을 참았다. 하지만 더 이상 소용이 없었다. 그녀는 지금은 이미 오래 전부터 자신과 남편이 각자의 삶을 살고 있다고 말했다. 그녀는 런던에서, 그녀의 남편은 케임브리지에서. 그녀는 그들이 예상했던 대로 되지 않았다고 말했다.

　거실에는 천에 덮힌 낡은 그랜드 피아노가 있었다. 요한나는 천을 치운 뒤 블뤼트너 피아노를 연주했다. 하지만 블뤼트너 피아노는 음이 맞지 않았다. 빈 집에서 울리는 피아노 소리는 둔탁하고 부정확했다. 그런 다음에 그들은 소녀 시절 그녀의 방으로 걸어 올라갔다. 그들은 담요 더미 아래에서, 함께, 천천히, 서로 가까이, 상대의 몸의 온기를 느끼면서 잠이 들었다. 라이넨은 뗏목을 붙잡고 있는 조난당한 사람 같다고 생각했다. 그때 라이넨은 서로 사랑하지 않는다는 걸 깨달았다. 두 사람에게 '사랑한다'는 개념은 의미가 없었다. 두 사람은 쿨했다.

눈을 떴을 때, 라이넨은 옛날처럼 아침에 개들이 짖는 소리와 잠시 필립과 함께 있었던 식당에서 그릇이 부딪치는 소리가 들리는 것 같다고 생각했다. 그는 이 시간이면 언제나 그런 모습이었듯이 얼굴은 창백하고, 머리는 헝클어지고, 파자마를 입고, 모닝 가운은 허리띠를 매지 않았다. 그는 입가에 담배를 문 채 미소를 짓고 손을 흔들어 인사했다. 라이넨은 창가 자리에 앉았다. 밤새 또 눈이 내렸다. 오렌지 재배 온실 앞 검정 두루미 머리 위에 눈이 쌓였다. 두루미의 부리는 분수의 얼음에 얼어붙은 것 같았다.

다음 날 아침에 그들은 다락방과 지하 창고를 샅샅이 수색했다. 그들은 모든 서류철, 책장, 상자를 뒤졌다. 하지만 콜리니의 범행을 설명하는 그 어떤 단서도 찾지 못했다. 그래서 요한나는 라이넨과 함께 라이넨의 차가 있는 곳까지 배웅해 주었다. 공원에서 차를 몰고 문을 나가기 전, 라이넨은 다시 한 번 뒤를 돌아보았다. 요한나의 모습은 백미러에 맺힌 이슬 때문에 희미해 보였다. 그녀는 입구의 흰색 기둥에 몸을 기대고 밝은 겨울 하늘을 올려다보고 있었다.

10

 12호 형사대법정—베를린 지방법원에 속한 여덟 곳의 배심 법정 가운데 하나—은 살인죄로 콜리니의 기소를 승인했다. 중요한 재판에서 늘 그렇듯이 첫날에는 추가 증거 조사를 명령하지 않지만, 나중에 콜리니에 대한 감정서를 작성하려면 정신과 전문가가 참석해야 했다. 앞으로 며칠 동안 증인들의 숫자는 특별히 많지 않을 것이다. 호텔 손님들과 종업원들, 심문관들과 또 다른 경찰관들, 법의학자와 범행에 사용된 무기 전문가 등이 전문적인 의견을 진술할 예정이었다. 재판장은 재판 절차가 일목요연하다고 생각했고, 공판 날짜를 딱 10일만 잡았다.
 마팅어는 텔레비전 뉴스에 나와서 앵무새처럼 같은 말을 반복했다. "재판 결과는 법원에서 결정됩니다." 화면에 나타난 그는 친절하고 현명하게 보였으며, 검정 쓰리피스 정장에 은색 넥타이를 매고 있었고 머리는 백발이었다. 카메라 불이 꺼졌을 때, 그는 기자들에게 문제가 되는 것이 무엇인지를 설명했다. 언론은 과거 마팅어의 재판에 대한 기사를 실었다. 한 재판은 전설로 회자됐다. 남편이 성폭행을 했다는 이유로 아내에게 고소당했다. 예상할 수 있는 모든 증거가 있었다. 허벅지 안쪽의 혈종, 그녀의 질 안에 있는 남편의 정자, 빈틈이 없고 모순이 없는 경찰서 진술. 남편은 이미 두 번의 폭행 전과가 있었다. 재판장은 아내에게 질문했다. 재판장은 철두철미했고 그녀의 진술에서 세세한 부분까지 검토하느라 두 시간을 보냈다. 검찰은 질문이 없다고 밝혔다. 하지만 마팅어는 그녀의 말을 믿지 않았다. 마팅어의 첫 질문은 "당신이 거짓말을 하고 있다는 것을 인정하시겠습니까?"였다. 그녀는 인정하지 않는다고 말했다. 마팅어는 오전 11시에 질문하기 시작했다. 저녁 6시에 법정은 재판을 휴정했다. 재판장은 변호사를 판사석으로 불러 자백하면 형을 경감해 주겠다는 피고인에게 유리한 거래를 제안했다. 마팅어는 목소리를 높였다. "재판장님, 그녀가 뼛속까지 타락했다는 걸 모르시지는 않겠지요?" 다음 날 재판에서 마팅어는 첫 번째 질문과 동일하게 질문했다. 그 다음 날도 마찬가지였다. 결국 그녀는 57일 만에 증인석에 서서 그의 질문에 대답해야 했다. 58일째 되는 날 아침에 그녀는 질투심 때문에 남편을 감옥에 가두고 싶었다고 자백했다. 마지막 질문은 처음 질문과 같은 것이었다. "당신이 거짓말을 하고 있다는 것을 인정하시겠습니까?" 이번에 그녀는 수긍했다. 피고인은 석방됐다. 마팅어는 불의를 참지 않았고, 또 소송에서 패소하지 않았다. 여하튼 그는 절대 포기하지 않았다.

요즘 늙은 변호사는 쿠르퓌르스텐담에서 흘러 들어온 빛을 보면서 매일 밤 책상에 앉아 있었다. 하지만 지금, 첫 재판일 전날 밤에 그는 자신이 늙었다고 느꼈다. 그는 잠자리에 들고 싶지 않았다. 그의 아내는 15년 전에 사망했다. 그럼에도 불구하고 그는 늘 매일 아침 잠결에 아내를 찾아 더듬었다가 아내의 부재에 거의 매번 놀라곤 했다. 아내가 사망했을 때, 그는 침대에 누워 있는 아내 곁을 지켰다. 처음에는 복부암, 다음에는 암이 전신으로 퍼졌고 결국 의사는 더 이상 생존 가능성이 없다고 말했다. 몇 주 전부터 이미 아내의 냄새는 변했다. 너무 많은 약과 너무 많은 양의 모르핀 때문에. 심지어 심전도가 평평한 선만 보였던 마지막 날에도 그는 침대 옆에 앉아서 아내의 손을 붙잡았다. 의사들은 아내가 아무것도 느끼지 못한다고 말했다. 아내가 사망했을 때, 그는 마음이 홀가분해졌다. 하지만 나중에는 그런 자신이 부끄러웠다. 그는 일어나서 창문을 열었다. 병원 바깥 거리 아래에서는 사람들이 쇼핑한 물건을 들고 집으로 가고 있었고, 팔짱을 끼고 걷고 있었으며, 전화를 하고, 싸우고, 말하고, 웃고 있었다. 마팅어는 자신이 그 세계에 속하지 않는다는 생각이 들었다.

그는 담배에 불을 붙이고 다시 서류들을 검토했다. 새벽 2시에 전등을 껐을 때, 그는 서류들을 거의 외우다시피 하였다.

카스파르 라이넨도 그날 밤 깨어 있었다. 그는 새벽 3시 반까지 사무실에 남았다. 그의 책상은 온통 서류 더미로 넘쳤다. 그는 서류를 증인 진술, 전문가 의견, 경찰 보고서, 증거 감정서로 분류했다. 라이넨은 무엇인가를 찾았다. 하지만 그것이 무엇인지를 알지 못했다. 그는 몇 가지 사소한 세부 사항을 간과했다. 그는 어딘가에 살인을 설명하고 세상을 정상으로 되돌릴 열쇠가 있을 것이라고 확신했다. 그는 담배를 지나치게 많이 웠고, 신경이 곤두섰다. 그리고 그는 두려웠다. 책상 옆 사이드 테이블에는 한스 마이어의 체스판이 있었고, 오래된 체스 말은 종이 더미 위에 흩어져 있었다. 라이넨은 요한나를 생각했다. 즉석 사진 촬영 부스에서 찍은 4장의 흑백 사진이 스카치테이프로 그의 책상 전등갓에 부착되어 있었다. 그녀는 내일 올 것이다. 그리고 자기 할아버지를 살해한 사람을 보게 될 것이다. 그는 계속 사진을 들여다보느라 몹시 피곤했다. 라이넨은 서류 가방을 찾아서 공소장만 가방 안에 넣었다. 그는 내일 다른 것이 필요하지 않을 것이다. 그런 다음 그는 체스 세트의 '백색 왕' 말을 바지 주머니에 넣고, 외투를 입고, 법복을 팔에 걸치고, 사무실을 떠났다.

밤하늘에는 구름 한 점 없었다. 추운 날씨였다. 내일 세 명의 판사와 두 명의 배심 판사, 한 명의 검사, 한 명의 공동 원고 그리고 그 자신이 한 사람을 재판하기 위해 법정에 출석한다는 사실에 대해 생각했다. 여덟 종류의 다른 삶을 사는, 각자 나름의 소망과 불안 그리고 편견을 지닌 여덟 명의 사람. 그들은 형사소송법, 곧 재판 과정을 결정하는 오래된 법을 따라야 할 것이다. 형사소송법에 관한 책은 수백 권에 달한다. 400개 이상의 조항 중 단 하나의 조항을 지키지 않아 판결이 뒤집히기도 했다. 라이넨은 마팅어의 사무실을 걸어서 지나가면서 창문을 올려다보았다. 늙은 변호사는 모든 재판은 정의를 위한 싸움이어야 하고, 법의 아버지들이 그렇게 규정했으며, 규칙은 정확하고 엄격해야 하고, 규칙이 준수될 때만 정의가 실현될 수 있을 거라고 말했다.

쿠르퓌르스텐담 거리에는 창녀들이 조명 광고 앞에 서 있었다. 한 창녀가 그에게 다가와서 말을 걸었다. 그는 정중하게 거절하고 베를린의 밤거리를 지나 집으로 돌아갔다.

여섯 시에 경찰관들은 법정을 순회하기 시작했다. 그들은 법정 입구에 일정을 알리는 공고문을 부쳐야만 했다. 공고문에는 재판을 받는 사람과 날짜가 적혀 있었다. 경찰관들이 공고문을 부치는 데 1시간쯤 필요할 것이다. 법원은 12개의 안마당, 17개의 계단이 있는 공간으로 구성되어 있고, 대략 300건의 재판이 매일 열렸다. 한 경찰관이—법원에서 가장 큰 법정인—500호 법정이라고 쓰여진 종이 한 장을 압핀으로 커다란 쌍여닫이문에 붙였.

"제12형사대법정, 파브리치오 콜리니의 살인죄 재판. 오전 9시".

11

"커피 한 잔 주세요." 카스파르 라이넨은 한숨도 자지 못했다. 하지만 그의 몸은 아드레날린으로 가득 차 있었고 의식은 또렷했다. 그는 법원 맞은편 '바일러스' 카페에 앉아 있었다. 많은 사람이 수제 케이크와 햄과 치즈를 끼워 넣은 빵을 사러 카페 안으로 들어왔다. 어떤 사람들은 '바일러스'가 형사 법원의 실질적인 중심이라고 말했다. 여기서 매일 변호사들, 검사들, 판사들 그리고 전문가들이 앉아서 재판을 논의하고 합의를 했다.

"네. 오늘은 일찍 오셨군요." 예쁘게 생긴 튀르키예 여성 종업원이 말했다. 이 여성에 대해서는 모아비트에서 이런저런 이야기가 많았다.

라이넨은 재판이 열리기 1시간 전인 여덟 시에 이미 카페에 있었다. 법원 앞 보도에는 방송국들이 카메라를 설치했고, 방송 중계차들은 법원 앞 보도를 반쯤 차지하고 주차하고 있었다. 두꺼운 외투를 입은 카메라맨들과 날씨에 비해 너무 얇은 양복을 입은 기자들은 추위 속에 떨며 서 있었다. 비교적 큰 규모의 방송 팀은 법원 건물을 촬영할 수 있는 허가를 받았다. '바일러스'도 기자들로 넘쳤다. 기자들은 심드렁하게 보이려고 애썼다.

젊은 검사들이 카페 안으로 들어왔다. 라이넨은 그들 중 몇 사람을 변호사 시보 시절부터 알고 지냈다. 부자 변호사들과 가난한 공무원에 대한 늘 하던 농담이 오고갔다. 라이넨은 검찰청 중범죄 수사과에 근무하는 그 누구도 놀라운 소식을 기대하지 않는다는 걸 알았다.

라이넨은 커피를 다 마시고 자리에서 일어났다. 한 검사가 그의 어깨를 툭 치더니 행운을 빌었다. 카운터에서 커피 값을 계산한 후 그는 길을 건너 법원 정문으로 갔다. 그리고 근무 중인 관리들에게 법원 출입증을 보여주었고, 길게 늘어선 방문자들을 지나 법원의 중앙홀로 들어갔다. 그는 여전히 중앙홀에서 압도적인 인상을 받았다. 홀의 높이는 30미터였고 대성당 같은 위용을 과시하고 있었다. 계단 위의 석상들은 위협적으로 아래를 내려다보고 있으며 석상들은 종교, 정의, 호전성, 평화, 거짓과 진실 등 여섯 가지를 비유적으로 표현한 것이다. 피고인들과 증인들을 초라하게 느끼게 만들고, 법의 힘에 두려워하게 만들기 위해 중앙홀을 그렇게 지은 것 같다. 심지어 바닥의 타일에도 왕립 형사 법원을 상징하는 글자가 약자로 새겨져 있었다. 라이넨은 건물 측면에 숨겨진 엘리베이터를 타고 1층으로 올라가 500호 법정으로 들어갔다.

아주 평범한 평일이었지만, 방청석에는 약 130명의 사람이 다닥다닥 붙어 앉아 있었다. 언론의 관심이 너무 커서 기자석은 추첨으로 결정해야만 했다. 기자들은 실망하게 될 것이다. 재판 첫날에는 대개 공소장만 낭독하기 때문이다.

그럼에도 불구하고 모든 주요 신문이 기자를 보냈다. 라이넨은 기자들의 얼굴을 전혀 알지 못했다. 4개의 카메라 팀이 법정을 돌아다니고 있었다. 그들은 촬영할 수 있는 장면들을 모두 담으려 했다. 즉 서류 더미, 법전 그리고 물론 파브리치오 콜리니를. 콜리니는 변호사석 뒤에 있는 유리로 가려진 피고석에 앉아 있었다. 그를 전혀 볼 수 없었다. 이 장면들은 텔레비전 화면에 나온 논평을 달지 않고 방송되었다.

라이머스 검사장은 법정의 창가 쪽에 앉았다. 그는 자신의 시계를 보았다. 공소장만 들어 있는 얇은 빨간색 서류철이 그 앞에 놓여 있었다. 오늘은 공소장 외에 다른 것을 처리할 계획은 없었다. 짧은 재판일이 될 것이다. 창유리로 분리된 검사 옆에 원고 측 대표 변호사인 마팅어가 서 있었다.

라이넨은 자기 자리로 가서 서류 가방에서 공소장을 꺼냈고, 마이어의 체스 세트에서 '백색 왕' 말도 꺼내 앞에 있는 탁자 위에 올려놓았다. 요한나는 언론과의 인터뷰를 피해 마지막에 모습을 드러냈다. 그는 반대편에서 그녀를 보려니 마음이 복잡했다.

9시 직후 여성 법정 서기는 마이크를 대고 말했다. "모두 일어나 주십시오." 모든 방청객과 소송 관계인들이 자리에서 일어났을 때, 판사석 뒤에 있는 작은 문이 열렸다. 라이넨은 문 뒤에 긴 테이블, 의자들, 전화기와 세면기를 갖춘 회의실이 있다는 걸 알았다.

재판장이 맨 처음 법정 안으로 들어왔다. 그녀의 왼손은 가볍게 떨렸다. 판사석에 있는 5개의 키 큰 자들 중 가운데 의자에 앉았다. 그녀의 양쪽에는 배석판사가, 배석 판사 옆에는 배심원들이 앉았다. 배심원들을 포함해서 모두 검은색 법복을 입었다. 그들은 3,4 분 동안 카메라 팀을 물끄러미 쳐다보고 있었다. "자, 여러분, 충분한 시간을 드렸다고 생각합니다. 이제 법정에서 퇴장하십시오." 재판장은 다정하게 말했다. 한 경찰관이 법정의 문을 열었다. 다른 두 명의 경찰관은 카메라 앞에 자리를 잡고 두 팔을 벌렸다. "재판장님이 말씀하신 걸 들으셨지요. 이제 법정에서 퇴장하십시오." 점차 법정이 조용해졌다.

"피고인은 출석했습니까?" 재판장은 오른편에 있는 서기에게 물었다. 그녀도 검은색 법복을 입었다. 그녀는 젊은 여성으로 포니테일 머리를 하고 있었다.

"네, 재판장님." 그녀는 말했다.

"자, 이제 시작하겠습니다." 재판장은 잠시 호흡을 가다듬고 마이크를 자기 앞으로 가까이 당겼다.

"파브리치오 콜리니 씨에 대한 재판을 위해 12호 대형사법정의 개정을 선언합니다. 모두 자리에 앉아주십시오."

그런 다음에 재판장은 소송관계인들의 출석을 확인했고, 그들의 이름과 직무를 큰 소리로 읽고, 콜리니에게 나이, 직업과 혼인 관계를 물었다. 마지막으로 재판장은 검사장 쪽으로 돌아서서 공소장을 낭독해 달라고 요구했다. 라이머스는 선 채로 짧은 공소장을 낭독했다. 채 15분도 걸리지 않았다. 살인은 신속하게 묘사됐다. 재판장은 법원이 이 기소 사건을 본 심리로 진행되도록 허용한다고 말했고 콜리니에게는 묵비권에 대해 자세히 가르쳐주었다. 서기는 컴퓨터에 다음의 내용을 기록했다. "피고인은 자신의 권리에 대해 설명을 들었다."

그런 다음에 재판장은 곧바로 라이넨 쪽으로 돌아섰다.

"변호인, 당신이 의뢰인과 논의했을 것으로 확신합니다. 피고인이 하고 싶은 말이 있을까요?"

라이넨은 자기 앞에 있는 마이크의 스위치를 켰다. 작은 빨간색 램프가 번쩍였다.

"아니요, 재판장님. 콜리니 씨는 지금 어떤 진술도 하고 싶지 않습니다."

"지금이라니요? 무슨 뜻입니까? 피고인이 나중에 진술하겠다는 뜻입니까?"

"우리는 아직 결정하지 못했습니다."

"정말입니까, 콜리니 씨?" 재판장은 피고인에게 물었다. 콜리니는 고개를 끄덕였다. "그럼, 알았어요." 재판장은 눈썹을 치켜 올리며 말했다. "오늘은 다른 프로그램이 없습니다. 재판은 다음 주 수요일에 속개합니다. 소송 관계인들은 모두 참석해주기 바랍니다. 오늘 재판은 마치겠습니다." 재판장은 한 손으로 마이크를 잡고 말했다. "라이머스 박사님, 마팅어 씨, 라이넨 씨, 잠시 기다려주십시오. 이 법정 바깥에서 여러분과 이야기를 하고 싶습니다."

라이넨은 콜리니 쪽으로 돌아서서 막 작별하려던 참이었다. 하지만 콜리니는 이미 일어나서 경찰관들 쪽으로 걸어가고 있었다. 거의 15분 만에 법정은 텅 비었다. 소송관계인들만 남았을 때 재판장은 말했다. "여러분, 우리는 모두 이것이 비정상적인 재판이라는 것을 알고 있습니다. 희생자는 85세이고, 피고인은 67세입니다. 피고인은 전과가 없으며 흠잡을 데 없는 삶을 살아왔습니다. 장기간의 조사에도 불구하고 살해 동기는 밝혀지지 않았습니다." 재판장은 검사장 라이머스를 차가운 시선으로 쳐다보았다. 검찰의 성과에 대한 재판장의 비판을 건성으로 들어 넘길 수 없었다. "내가 뜻밖의 일을 좋아하지 않는다는 걸 여러분에게 말씀드립니다. 변호인, 검찰 혹은 공동 원고가 그 어떤 항변 혹은 진술을 계획한다면, 지금이 법정에 그 계획을 알릴 기회입니다."

판사들, 라이머스와 마팅어는 라이넨을 쳐다보았다. 그들은 콜리니의 살해 동기가 필요했고, 라이넨이 실수하기를 기다렸다. "재판장님", 라이넨은 말했다. "아시다시피, 여러분 모두 저보다 훨씬 더 많은 경험을 가지고 있습니다. 또 여러분은 이 재판이 제 첫 배심 재판이라는 사실을 알고 있습니다. 따라서 제가 여러분을 올바르게 이해했는지 묻는 것을 용서해 주십시오. 여러분은 지금 제게서 콜리니 씨가 자신을 어떻게 변호할지를 알아내고 싶습니까? 그는 여러분에게 바로 이 재판에서 지금은 침묵을 지키고 싶다고 말했습니다. 정말 여러분은 지금 제게서 더 많은 것을 알고 싶습니까?"

재판장은 미소를 숨길 수 없었다. 라이넨은 재판장에게 미소로 화답했다.

재판장은 말했다. "피고인이 자신을 제대로 변호하지 못 할 거라고 걱정할 필요는 없겠죠. 그럼 이 정도로 마무리하도록 하겠습니다. 좋은 하루 보내시고 수요일에 다시 만납시다."

라이머스는 서류들을 정리했다. 라이넨과 마팅어는 법정 문 쪽으로 걸어갔다. 마팅어는 라이넨의 팔뚝에 손을 얹었다. "잘 했어요, 라이넨." 마팅어는 말했다. "이제는 언론을 상대해야 해요." 그는 라이넨에게 짧게 고개를 끄덕이고 이중문을 열었다. 사진 기자들의 플래시가 그들의 눈을 부시게 했다. 마팅어는 카메라 앞에 섰다. 그는 검게 그을린 피부에도 불구하고 지금은 창백해 보였다. 라이넨은 그가 몇 번이고 말하는 것을 들었다. "여러분, 재판이 끝날 때까지 기다려 주십시오. 재판이 끝나면 알게 될 겁니다. 미안합니다만 지금은 드릴 말씀이 없습니다. 기다리시면 알게 되실 겁니다." 라이넨은 취재진을 뚫고 지나갔다.

*

법원 앞에서 요한나는 택시를 탄 채 기다리고 있었다. 그녀는 택시 운전사에게 자신과 라이넨을 샤를로텐부르크 성으로 데려가 달라고 요구했다. 두 사람은 각자 자신이 앉은 좌석에서 창 바깥을 내다보았다. 두 사람은 서로 무슨 말을 할지 몰랐다. 햇살이 따뜻했다. 궁전 뒤 공원은 그늘이 져 있었고 바람은 차가웠다. 노파가 길 위에 새 모이를 뿌리고 있었다. 노파는 겨울을 대비해 새 모이를 남겨두었을 것이다.

"까마귀는 모이를 구걸하지 않아." 라이넨은 그저 무언가를 말하기 위해서 이렇게 말했다.

두 사람은 오랫동안 아무런 말도 하지 않고 나란히 걸었다. 요한나의 신발은 자갈길을 걷기에 적당하지 않았다. 찻집의 연하늘색 구리 지붕이 햇살에 반짝였다. 슈프레 강에서 두 사람은 관광선에서 흘러나오는 확성기 소리를 들었다. 노파는 지금은 공원 벤치에 앉아 있었다. 노파는 빨간색 모직 핑거리스 장갑을 끼고 있었다. 새 모이를 담은 봉지는 비었다.

요한나는 갑자기 멈춰 서서 라이넨을 쳐다보았다. 처음으로 라이넨은 그녀의 오른쪽 눈썹에서 작은 흉터를 발견했다. "추워. 내일까지 런던으로 돌아가지 않아도 돼." 요한나는 말했다.

라이넨은 변호사 시보 시절 이 아파트를 임차했다. 그 후에도 이사하고 싶지 않았다. 이 아파트의 공간은 그에게 충분했다. 방 두 개, 전형적인 구식 베를린 아파트, 흰 회칠을 한 벽, 높은 천장, 나무 바닥, 비좁은 화장실. 거의 모든 벽마다 책장을 채워 넣고도, 사방에 책이 놓여 있었다. 바닥, 소파, 의자, 욕조의 가장자리에 널브러져 있는 책들. 요한나는 모든 것을 보았다. 나무로 만든 붓다의 머리가 책 사이에 있었다. 다른 책장에는 동아프리카에서 온 녹슨 창끝이 있었다. 연필로 그린 두 장의 스케치가 복도에 걸려 있었다. 로스탈에 있는 과수원을 그린 스케치였다. 사진 몇 장은 창턱에 놓여 있었다. 녹색 모자를 쓴 라이넨의 아버지와 산림 관리인의 집 앞에있는 어머니 사진이었다. 은색 액자 속에는 기숙학교 옥외 계단에 있는 청년 여섯 명의 사진이 들어 있었다. 요한나는 카스파르와 필립을 알아보았다.

두 사람은 몸을 따뜻하게 하기 위해 커피를 마셨다. 그들은 요한나의 런던 생활, 친구들, 요한나가 일했던 경매 전문 회사에 대해 이야기를 나누었다. 잠시 후 요한나는 테이블 위로 몸을 숙였다. 라이넨은 그녀에게 키스하면서 그녀의 머리를 손으로 잡았다. 빵이 담긴 접시가 타일이 깔린 바닥으로 떨어져서 깨졌다. 라이넨은 내일 아침 그녀가 런던으로 돌아가 그가 알지 못하는 또 다른 삶으로 떠날 것이라고 생각했다.

새벽 5시쯤 그는 눈을 떴다. 방은 아직 어두웠다. 요한나는 벌거벗은 채 발코니 문 앞 바닥에 다리를 모으고 머리는 무릎 위에 얹은 채 앉아 있었다. 그녀는 울고 있었다. 그는 침대에서 일어나서 그녀의 어깨에 담요를 덮어 주었다.

*

다음 날 아침 그는 요한나를 공항으로 데려갔다. 공항에서 사람들은 서로 인사를 나누고 작별했다. 그들의 어린 시절은 형사 소송으로 파괴되지 않았다. 요한나는 라이넨에게 키스를 했고 탑승권 검색대를 통과해서 우유빛 유리 뒤로 사라졌다. 라이넨은 필립을 잃었듯이 요한나를 잃게 될까 봐 두려웠다. 갑자기 그 주변의 모든 것이 느릿느릿 움직였다. 벤치, 바닥, 사람들, 소음은 어렴풋하고 낯설었다. 조명이 다 이상했다. 바퀴 달린 여행용 가방을 가진 소녀가 그와 세게 부딪쳤다. 그는 소녀를 피할 수 없었다.

라이넨은 거의 10분 동안 공항 중앙홀에 서 있었다. 그는 외부에서 자신을 보았다. 그는 이방인이었다. 그는 이 이방인과 그저 불분명한 관계를 맺고 있었다. 잠시 후 그는 어렵게 두 손으로 깍지를 끼고 자신의 손가락의 형태와 크기를 기억하려고 애썼다. 천천히 정신이 돌아왔다. 그는 화장실로 가서 얼굴을 씻고 다시 자신을 느낄 때까지 오랫동안 거울에 비친 모습을 보았다.

그는 공항의 신문 가판대에 있는 신문들을 모조리 사서 주차장에 세워 둔 차에 앉아 꼼꼼이 읽었다. 황색 신문들은 재판을 주요 기사로 다루었다. 교통 감시원이 차의 창문을 두드리며 여기에 주차할 수 없다고 말했다.

12

처음 재판이 시작되고 5일 동안 법정은 증인들과 전문가 증인들의 증언을 들었다. 재판장은 준비를 철저히 했다. 그녀는 능숙하고 아주 꼼꼼하게 질문했다. 그녀는 편견이 없는 것처럼 보였다. 놀라운 사실은 없었다. 증인들은 이미 경찰 앞에서 했던 말을 정확하게 반복했다. 검사장 라이머스는 질문이 거의 없었고, 가끔 논점을 추가했다.

마팅어는 재판을 장악했다. 첫 번째 전문가 증인으로 법의학자가 소환됐다. 마팅어는 바겐슈테트 교수에게 탄환의 각도, 입구 총상과 출구 총상, 콜리니의 구두에 남은 자국, 발길질 사이의 간격, 발길질 그 자체에 대해 질문했고 교수에게 사진에 보이는 세부적인 것들을 설명하게 했다. 라이넨은 자신들의 기억 속에 남아 있는 부검 사진들을 보고 배심원들이 구역질하는 모습을 보았다. 마팅어는 모든 사람이 이해할 수 있는 분명한 말로 질문했다. 바겐슈테트가 의학적 표현을 사용할 때마다, 마팅어는 쉽게 설명해 달라고 요구했다. 법의학자가 쉽게 설명하지 못하면, 쉬운 말로 다시 설명하게 했다. 두 시간 후 법정에 있던 모든 사람들은 잔인한 남자가 무방비 상태의 노인을 강제로 무릎 꿇리고 뒤에서 머리에 총을 쏘는 모습을 상상했다. 마팅어는 단 한 번도 목소리를 높이지 않았다. 그는 과도한 몸짓도 하지 않았다. 늙은 변호사는 자기 자리에 조용히 앉으며 간단한 질문을 던졌고, 침착해 보였다. 그는 청중들의 머릿속에 남겨진 사진의 이미지에 기대를 걸고 있었다.

5일이 지나자 재판의 나머지 부분은 그저 틀에 박힌 일인 것 같았다. 재판장은 여전히 친절했고 포니테일 머리를 한 여성 법정 서기는 더 자주 라이넨을 동정어린 시선으로 쳐다보았다. 언론의 관심은 줄어들었고 매일 법정에 오는 기자들의 숫자도 줄어들었다. 신문들은 콜리니가 단지 미친 사람일 거라는 데 의견이 일치했다. 6일 째 되는 날 배심원들 중 한 사람이 독감에 걸렸다. 재판장은 열흘 동안 재판을 연기했다.

라이넨은 자신이 소송에서 지고 있다는 것을 알고 있었다. 그는 매일 저녁 사무실에 앉아서 서류들을 죽 훑어보았다. 백번쯤 그는 증인들의 진술, 부검 소견, 전문가 증인들의 소견서와 형사들의 메모를 읽었다. 사무실 벽에는 범행 장소의 사진들이 붙어 있었고, 그는 매일 그 사진들을 뚫어지게 쳐다보았지만 아무것도 찾지 못했다. 오늘도 마찬가지였다. 열 시쯤 그는 책상의 전등을 껐다. 그는 재떨이에서 담배의 불똥이 까딱거리는 것을 바라보았고 살짝 태워진 담배 필터의 냄새를 맡을 수 있었다. 마팅어는 라이넨에게 생각해야 한다고, 언제나 답은 서류 안에 있다고, 서류를 제대로 읽어야 한다고 말했었다. "자신을 변호할 의사가 없는 사람을 어떻게 변호할까"하고 라이넨은 생각했다.

    라이넨은 아버지에게 생일 축하 전화를 하는 것을 잊었다는 생각이 문득 들었다. 그는 시간을 보았고, 어둑한 방에서 전화번호를 눌렀다. 아버지의 목소리는 여전했다. 아버지는 방금 소총을 청소했다고, 하루 종일 여물통을 청소하면서 금렵 구역에 머물렀다고 말했다.

    라이넨이 전화를 끊었을 때, 총의 기름 냄새를 맡은 것 같았다. 그는 눈을 감았다. 갑자기 그는 벌떡 일어나더니 전등을 켜고 범행 현장의 사진이 붙어 있는 벽으로 급히 갔다. 26페이지, 52번 사진: '범행에 사용된 무기: 발터 P 38'이라고 경찰관이 사진 밑에 써놓았다. 라이넨은 권총을 자세히 검사했다. 그는 책상에서 화대경을 들었다. 그는 그 권총을 알았다. 그는 다시 아버지의 전화번호를 눌렀다.

*

다음 날 아침, 라이넨은 기차를 타고 베를린에서 루트비히스부르크로 갔다. 그는 단서를 쥐고 있었다. 그 단서는 막연하고 불충분했지만 추적할만한 가치가 있었다. 루트비히스부르크 역에서 그는 택시 운전기사에게 주소에 대해 물었다. 운전기사는 멀지 않으니 걸어가도 되지만 손님이 탄다면 더 좋겠다고 말했다. 택시 안에서는 백리향과 파슬리 냄새가 풍겼고 파티마의 눈이 달린 목걸이가 백미러에 매달려 있었다. 옛 수비대 주둔 도시의 긴 건물들은 노란색과 분홍색 칠이 되어 있었고, 이곳의 모든 것은 정돈되고 깔끔하게 보였다. 택시 기사는 라이넨에게 어디서 왔냐고 묻더니 자기 딸이 베를린에서 공부하고 있다고 말했다. 그는 베를린도 루트비히스부르크처럼 멋진 도시인데 다만 더 큰 도시일 뿐이라고 덧붙였다. 라이넨을 태운 택시는 시청과 성을 지나서 퇴락한 건물 앞에 멈췄다. 라이넨은 택시에서 내려서 작은 광장을 건넜다. 그의 왼쪽에는 시내로 통하는 옛 입구인 성문이 있었다. 나중에 이곳에 무덤 파는 사람들이 살았고 몇 년 동안 비행 청소년들을 위한 교화 시설이 있었다. 높은 건물의 좁은 벽은 거리를 향하고 있었다. 높은 건물은 옛날 원주민에게는 '요새'로 불렸다. 오랫동안 그 건물은 감옥으로 사용됐고 감옥의 벽은 그대로 남아 있었다. 라이넨이 방문하려던 관청은 2000년에 이곳으로 이사했다.

라이넨은 여러 번 자신의 이름을 구내전화에 대고 고래고래 고함을 질러야 했다. 구내전화는 접촉 불량이었다. 자동 부저가 벽에 붙어 있는 녹슨 문을 열었다. 라이넨은 안뜰을 가로질러 철문 쪽으로 갔다. 철문은 열려 있었다. 늘 보는 그런 관청 모습이었다.

PVC매트가 깔린 마룻바닥, 네온 조명, 나무 섬유로 만든 벽지, 알루미늄 문손잡이. 입구의 경비실 앞에는 빈 음료수 상자들이 방치되어 있었다. 파란색 제복을 입은 관리들은 친절했고 지루해 보였다. 모든 것이 오래 써서 낡았고, 약간 초라했다. 하지만 누구도 관심이 없었고, 이곳을 수리하려 하지도 않았다. 공손하고 굼뜬 남자가 라이넨을 맞았고 이층에 있는 열람실로 안내해서 절차를 설명했다. 라이넨은 미리 전화로 서류를 신청했다. 그는 실마리를 거의 갖고 있지 않았다. 가진 것이라곤 이름과 나라뿐이었다. 무엇인가를 찾아낼 가능성은 기대하기 어려웠다. 하지만 연방 관청의 관리들은 150만 장의 색인 카드에서 그가 찾던 것을 찾아냈다. 신청한 서류들은 엷은 빛깔의 테이블 위에 놓였다. 표제의 이름이 깔끔하게 적혀 있는 14개의 청회색 서류철이 무더기로 쌓여 있었다. 그로부터 한 자리 떨어져 앉아 있는 늙은 여자는 시력이 나빠 제대로 볼 수 없었다. 그녀는 종이를 눈 바로 앞에 갖다 대고 좌우로 움직이면서 종이에 적힌 글자를 판독하려고 애썼다. 그녀는 계속 고개를 저었고 가끔 한숨도 쉬었다.

공손한 남자가 떠나간 후, 라이넨은 첫 번째 서류철을 집어 들었다. 서류철을 열기를 망설였다. 그는 창문에서 버스 정류장을 볼 수 있었다. 한 남학생이 그곳에서 여자 친구와 노닥거리고 있었다. 두 사람은 웃고 서로 밀치더니 다시 키스를 했다. 마침내 라이넨은 상의를 벗어서 의자 뒤에 걸쳐 놓았다. 그리고 본격적으로 앉아서 서류철에서 얇고 누렇게 변한 종이 뭉치를 꺼냈다.

  그날 저녁에 그는 역 근처 값싼 여관에 방 하나를 빌렸다. 밤새도록 화물 열차가 지나가는 소리를 들어야 했고, 창문 바깥 신호등은 방을 번갈아 빨간색, 노란색, 녹색으로 물들였다. 그는 루트비히스부르크에 5일 동안 머물렀다. 매일 아침 여덟 시면 열람실까지 짧은 거리를 걸었다. 그는 여행 안내서를 샀다. 그리고 이 도시의 역사가 전쟁의 역사임을 알게 됐다. 1812년 여기서 거의 만 육천 명의 뷔르템베르크 군대가 나폴레옹을 위해 싸웠고 그들은 거의 대부분 러시아에서 사망했다. 제1차 세계대전에서는 128명의 장교와 '옛 뷔르템베르크 연대'에 소속된 4,160명의 군인이 '명예의 전쟁터'에서 전사했다고 전쟁기념비의 돌에 새겨져 있었다. 1940년 영화 '유대인 쥐스[2]'가 이 도시에서 촬영됐다. 요제프 쥐스 오펜하이머가 여기서 살았기 때문이다.

  라이넨은 열람실에 앉았고 그의 자리에는 매일 서류들이 점점 더 높이 쌓여갔다. 그는 종이를 한 장씩 차곡차곡, 메모장을 한 권씩 차곡차곡 기록해 나갔다. 그가 너무 많은 복사를 요구하는 바람에 열람실 직원은 불평하기 시작했다. 라이넨은 항상 저녁 늦게까지 일했고, 휴식을 원하지 않았다. 그의 눈은 충혈되어 있었다. 처음에 그에게 서류들은 낯설었다. 그는 자신이 읽고 있는 것을 거의 이해하지 못했다. 하지만 차츰 모든 것이 변했다. 크고 황량한

---

[2] 이 영화는 역사적 사실을 철저하게 왜곡하고 반유대주의를 유포하며 나치 이데올로기를 선전한 '가장 악명 높은 영화'로 평가되기도 한다.

공간에서 서류들은 살아 숨쉬기 시작했고, 모든 것이 그에게 다가왔다. 밤에 그는 서류들에 대한 꿈을 꾸기까지 했다. 베를린으로 돌아왔을 때, 그는 2킬로그램이나 살이 빠졌다. 그는 복사물로 가득 찬 상자들을 사무실로 옮겼고, 아파트로 가서 커튼을 내리고 주말 내내 침대에 누워 있었다. 월요일에 그는 구금되어 있는 콜리니를 찾아갔다. 일곱 시간 후 감옥을 떠났을 때, 라이넨은 자신이 해야 할 일을 알게 됐다.

13

 재판이 속개되기 전날 마팅어는 자신의 65회 생일을 기념하기 위해 파티를 열었다. 라이넨은 늦게 도착했는데 다음 재판일을 준비하기 위해 마지막까지 사무실에서 일했다. 그는 자신의 낡은 차를 멀리 떨어진 곳에 주차해야만 했다. 그는 장사진을 이룬 값비싼 차들 곁을 지나 마팅어 저택의 문에 이르러 경비원에게 초대장을 보여주고 안뜰로 들어갔다.
 마팅어는 800명이 넘는 손님을 초대했다. 저택 앞 호수와 연결된 잔디밭에는 대형 천막이 설치됐다. 밴드가 재즈를 연주했고, 안에 촛불이 켜진 수없이 많은 색유리 랜턴들이 두 개의 테라스에, 풀밭에 그리고 보트 선착장에 켜져 있었다. 마팅어는 대형 보트를 빌렸고 호수 건너편으로 손님들을 데리고 오기 위해서 가끔 선착장에 보트를 갖다 댔다.
 라이넨은 배우 몇 명, 텔레비전 방송국 여성 진행자, 축구 선수,

유명한 헤어 디자이너와 며칠 전에 구류에서 풀려난 은행 이사회 의장을 알아봤다. 그는 뷔페에서 먹을 것을 갖고 왔는데 실제로 이틀 전부터 아무것도 먹지 못했다. 밴드의 연주는 훌륭했다. 그 여가수의 CD는 그도 소장한 음반이었다. 잠시 그는 귀를 기울였다. 음악이 잠시 멈추자 그는 마팅어를 찾았다. 마팅어를 찾지 못하자 선착장으로 나갔다. 흰색 쿠션이 깔린 폭이 넓은 고리버들 세공 벤치가 선착장 플랫폼에 놓여 있었고, 촛불 아래 희미한 윤곽만 드러나 있었다.

그는 혼자였다. 반제 호수에는 안개가 자욱하게 끼었다. 일 년 중 이맘 때 치고는 서늘했다. 보트 몇 척이 물 위에서 서서히 움직였다. 언덕 위에 있는 마팅어의 집은 환하게 불이 켜져 있었고 호수에 비쳤다. 라이넨은 야회복의 옷깃을 올렸다. 주머니에서 아버지의 은제 담뱃갑을 꺼내서 담배에 불을 붙였다. 물이 나무 말뚝들에 부딪쳐 찰랑찰랑 소리를 냈다.

"멋진 저녁입니다. 라이넨 씨. 당신이 아마 여기에 있을 거라고 마팅어가 말했어요. 그는 분명히 당신을 아주 잘 알고 있군요."

라이넨은 앉은 채 고개를 돌렸다. 마이어 그룹의 법률 고문인 바우만이었다. 그는 잔을 들었고 깃을 빳빳하게 세운 연미복용 셔츠를 입고 있었다. 어둠 속에서도 그의 얼굴은 여전히 붉게 보였다. 라이넨은 악수를 하기 위해 일어섰다. 바우만은 그 옆에 다른 벤치에 앉았다.

"마팅어는 멋진 집을 갖고 있어요." 바우만이 말했다. "호수에서의 불꽃놀이가 몹시 궁금해요."

"안개가 짙게 끼어서 잘 볼 수 없을 것 같아요." 라이넨이 말했다.

"네, 그럴지도 모르죠. 재판은 어떻게 진행되고 있습니까?"

"그럭저럭." 라이넨은 말했다. 그는 재판에 대해 말하고 싶지 않았다. 그는 다시 검은 호수를 바라보았다.

"제안을 하고 싶습니다." 바우만은 말했다.

"제안이라고요?"

"사실 이렇습니다. 나는 당신의 의뢰인이 어떤 벌을 받는지 개의치 않습니다. 정말입니다." 바우만은 다리를 꼬았다.

"분명 올바른 태도입니다." 라이넨은 이런 대화를 좋아하지 않았다.

"정말 솔직하게 말합니다, 라이넨 씨. 우리는 당신이 루트비히스부르크에 간 적이 있다는 것을 알고 있습니다."

라이넨은 그를 쳐다보았다.

"사건을 포기하십시오. 그것이 당신에게는 최선입니다." 바우만은 말했다.

라이넨은 대답하지 않았다. 그는 더 듣기 위해 기다렸다.

"당신이 알고 있듯이, 나도 개업 변호사였습니다. 나는 당신이 얼마나 열심히 일하고, 얼마나 야심이 대단한지 압니다. 당신은 이런 사건에 모든 것을 걸고, 그것이 세상에서 가장 중요한 것이라고 생각하겠죠. 당신이 젊은 변호사라면 신경 쓰지 않겠지만, 어떤 면에서 당신은 마이어 가족의 일원이고 당신 앞에는 미래가 있고 …"

"그리고 뭡니까?"

"… 당신은 당장 이 소송에서 벗어날 수도 있어요. 마이어 그룹은 사설 변호사를 고용할 계획입니다. 우리는 이미 그 일을 할 누군가를 염두에 두고 있습니다. 그러면 당신은 국선변호사 직책에서 자동으로 해임되고 이 사건에서 벗어납니다." 바우만의 목소리는 변하지 않았다. 그의 목소리는 여전히 친절하게 들렸다. 큰 보트는 이제 안개 속에서 승객들의 소리를 들을 수 있을 정도로 아주 가까이 접근했다. 한 여자가 큰 소리로 외치며 웃었다. 항해등이 부잔교를 비추었고, 바우만의 안경에 비쳤다.

그는 몸을 앞으로 숙여 라이넨의 팔에 손을 얹었다. 이제 그는 마치 어린 아이와 이야기하는 것처럼 대화를 시도했다. "이해가 안 되나요, 라이넨 씨? 나는 당신을 좋아해요. 당신은 이제 막 출발선에 서 있습니다. 앞길이 창창한데, 지금 모든 것을 망치지 마십시오."

"제발, 바우만 씨, 그냥 파티를 즐기십시오. 이런 대화를 하기에 적당한 장소가 아닙니다."

바우만의 목소리는 잔뜩 긴장된 듯 들렸다. "들어보세요. 우리는 당신이 루트비히스부르크에서 무엇을 캐고 있는지 모릅니다. 사실 알고 싶지도 않습니다. 어쨌든 이 재판이 속히 끝나기를 간절히 바랍니다. 매일 대중에게 알려지는 소문이 회사에 해를 끼치고 있습니다."

"어쩔 수 없습니다."

"아니요, 당신은 할 수 있습니다. 법정에서 항변하지 마십시오. 그냥 재판이 끝나게 내버려두십시오. 조용히, 아시겠어요?" 바우만은 숨을 크게 쉬고 말했다.

"왜 그렇게 해야 합니까?"

"우리는 법정에 피고인에 대한 관대한 처벌에 동의한다고 말할 겁니다."

"그것이 별 영향을 미치지는 않을 겁니다."

"그리고 우리는 당신 의뢰인의 협조에 대해 보상할 계획입니다."

"당신이 무엇을 한다고요?"

"보상할 겁니다. 재판을 빨리 끝내기 위해, 상당한 금액을."

라이넨은 말을 잇지 못했다. 그의 입 안은 바싹바싹 말랐다. 그들은 한 사람의 과거를 돈으로 사기로 결정했다.

"내가 콜리니를 제대로 변호하지 못하도록 보상금을 지급하겠다는 말이죠? 정말 진심으로 하는 말입니까?"

"이사회의 제안입니다." 바우만은 말했다.

"요한나 마이어는 이 사실을 알고 있습니까?'

"아니요. 이것은 회사와 당신 사이의 문제입니다."

이 모든 것은 그들이 두려워한다는 것을 의미할 뿐이라고 라이넨은 생각했다. 그는 모든 것을 잘 처리했다. 하지만 그들이 두려워하는 것을 알았다고 해서 그가 만족한 것은 아니었다.

"자 갑시다." 보트의 작은 탐조등의 광선이 바우만의 붉은 얼굴에 잠시 떨어졌다. "자, 보세요. 당신은 건물 뒤편에 사무실이 있고, 당신의 차는 15년이 되었으며, 당신은 삼류 마약 밀매자와 술집에서의 싸움에 능력을 낭비하고 있습니다. 우리는 현재 뒤셀도르프에서 문제가 발생한 은행과 좋은 관계를 유지하고 있습니다. 전후 최대의 내부자 거래 재판으로 보입니다. 원한다면 당신은 피고인들 중 한 명을 변호할 수 있습니다. 당신은 많은 돈을 벌 것입니다. 하루 비용은 부대비용을 포함해서 2,500유로에 달합니다. 본 재판은 1년, 적어도 100일 동안 지속될 것입니다. 당신이 원한다면 우리가 도울 것입니다. 또한 당신에게 다른 의뢰인들을 소개해줄 수도 있어요. 잘 생각해 보십시오, 라이넨 씨. 지금 당신이 하는 일이 남은 인생을 결정할 것입니다."

바우만은 계속 말했다. 하지만 라이넨은 더 이상 그의 말을 듣지 않았다. 안개가 짙어지고 있었다. 바람이 불었다. 라이넨은 머리 위로 날아가는 물오리의 울음소리를 들었지만, 물오리를 볼 수는 없었다. 그는 바우만의 말을 끊었다. "당신의 제안을 받아들이지 않겠습니다."

"뭐라고요?" 바우만은 놀란 척하지 않았다. 그는 정말 놀랐다.

"당신은 전혀 이해하지 못하셨군요." 라이넨은 조용히 말하고 일어섰다. 그는 부잔교를 지나 천막으로 돌아갔다. 그는 바우만이 뒤에서 부르는 소리를 들었다. 호수 위의 큰 보트는 방향을 틀었고, 조명은 호숫가를 비추었다. 스모킹 재킷과 야회복을 입은 몇몇 손님이 천막 바깥에 서서 보트에 탄 사람들에게 술잔을 들어 건배했다. 디젤 냄새와 썩은 냄새가 진동했다.

라이넨은 천막을 지나 집으로 가는 계단을 올라갔다. 마팅어는 환하게 불이 켜진 방에 팔로 여자 친구를 껴안은 채 서 있었다. 여자 친구는 호수에서 무언가를 가리키고 있었고, 마팅어는 다른 방향을 보고 있었다. 라이넨은 작별해야 할지 고민했다. 하지만 그곳에는 인사해야 할 사람이 너무 많았다. 라이넨은 자기 차로 갔다. 차의 잠금을 풀자 불꽃놀이가 시작됐다. 그는 차의 보닛 위에 앉아 담배를 피우면서 잠시 불꽃놀이를 지켜보았다.

아파트 방의 공기는 답답했다. 그는 창문을 열고, 옷을 벗고 침대에 누웠다. "변호사는 의뢰인을 변호합니다. 그 이상도 그 이하도 아닙니다"라고 마팅어가 말했다. 마팅어의 이 말은 도움이 되어야 했지만, 도움이 되지 않았다. 그런 다음 그는 요한나, 그리고 내일 비로소 실제로 시작될 파브리치오 콜리니의 재판을 생각했다.

14

재판 7일째 되는 날이었다. 재판장은 재판의 재개를 선언하게 했고 기록을 위해 모든 사람이 출석했다는 사실을 확인하고, 배심원이 건강을 회복하게 되어 기쁘다고 말했다.

재판장은 말했다. "변호인이 어제 내게 의뢰인이 증언할 것이라고 말했습니다. 오늘은 다른 일정이 없으므로 지금 증언을 듣고 싶습니다." 그녀는 라이넨 쪽으로 돌아섰다. "가능하죠?"

"네. 재판장님."

"좋아요. 변호인, 발언하세요." 재판장은 의자에 등을 기댔다.

라이넨은 물을 한 모금 마셨다. 그는 요한나를 보았다. 그는 어제 전화로 요한나에게 오늘이 그녀에게는 끔찍한 날이 될 것이며, 다른 방법은 없다고 말했다. 라이넨은 자신의 자리 옆에 있는 입식 책상 앞에 침착하게 그리고 꼿꼿하게 섰다. 그는 천천히 부드럽게 읽기 시작했다. 그는 거의 강조하지 않고 말했다. 법정에 있는 사람은 모두 젊은 변호사가 자신의 중요한 첫 재판에서 정신을 집중하는 것을 느꼈다. 그의 목소리 외에 법정에서 들리는 것은 그가 서류를 넘기는 소리뿐이었다. 그는 좀처럼 눈을 치켜뜨지 않았다. 하지만 눈을 치켜뜰 때 그는 판사들을 한 사람씩 번갈아 쳐다보았다. 라이넨은 무미건조한 법률 용어를 사용했다. 그는 콜리니에게서 들은 말과 루트비히스부르크에 있는 서류 더미에서 찾아낸 것만을 말했다. 하지만 그가 콜리니의 진술과 그 속에 담긴 공포를 한 문장씩 낭독하는 동안 법정의 분위기는 일변했다. 사람들, 풍경들, 도시들이 시야에 들어왔고, 문장은 이미지가 됐고, 이미지는 살아 움직였다. 한참 뒤에 라이넨이 말하는 걸 들었던 사람들 가운데 한 사람은 콜리니가 어린 시절에 뛰놀던 들판과 초원의 냄새를 맡을 수 있을 정도였다고 말했다. 하지만 카스파르 라이넨에게 또 다른 일도 있었다. 즉 몇 년 동안 그는 교수들의 말을 들었다. 그는 법과 법 해석을 배웠다. 그는 형사 소송을 이해하려고 애썼다. 하지만 오늘 비로소, 법원에 처음 직접 청원서를 제출하면서 실제로 중요한 것은 전혀 다른 것이라는 걸 깨달았다. 중요한 것은 학대받는 인간이었다.

*

"미사가 끝났으니 돌아가십시오. 평화롭게 가십시오." 신부의 목소리는 거칠고 다정했다.

"하나님께 감사합니다. 하나님, 주님께 감사" 열한 명의 아이들이 합창으로 화답했다. 아이들은 아직은 감히 도망칠 엄두도 못 내고 잠시 자리에 가만히 앉아 있었다. 물론 일요일에 예배가 끝난 다음 두 시간 동안 진행되는 영성체 수업은 고통이었다. 늙은 신부는 말을 하고 수업 내용 중 일부는 그리 나쁘지 않았지만, 어쨌거나 매우 엄격했다. 게다가 파브리치오는 이미 여러 번 회초리의 매서움을 체험했다. 마침내 늙은 신부는 문을 열고 웃으면서 말했다. "어서, 꺼져 버려." 아이들은 학교 복도를 지나 차가운 11월의 어느 날로 달려 나갔다. 파브리치오는 자전거를 탔다. "내일 보자!" 그는 다른 아이들을 향해 소리치고 페달을 밟기 시작했다. 그는 17킬로미터를 달려 부모의 농장으로 갔다. 그는 집에 돌아오자마자 이 바보 같은 옷을 벗고 강도 복장으로 갈아입었다. 자전거를 타고 오래된 방앗간으로 가서 다른 사람들을 만날 시간은 아직 있었다.

파브리치오 콜리니는 1943년 11월 14일 그날 아홉 살이었다. 그는 부모의 농장에서 기르는 암소 한 마리, 돼지 네 마리, 닭 열한 마리, 고양이 두 마리의 주인이었다. 그리고 뛰어난 사령관, 사이클 경주 챔피언, 서커스 예술가였다. 그는 이미 추락한 비행기와 죽은 두 명의 군인을 본 적이 있다. 그는 쌍안경, 자전거와 사슴뿔 손잡이가 달린 주머니칼을 가지고 있었다. 게다가 그에게는 여섯 살 위인 누나가 있었다. 그는 그다지 누나를 좋아하지 않았다. 그리고 무엇보다도 지금 배가 고팠다.

파브리치오는 들길을 가로질러 지름길을 택했다. 코리아 마을과 아버지의 작은 농장 사이에는 주말이면 사랑하는 남녀가 데이트하러 오는 언덕이 있었다. 이 언덕에 서면 주위 전망이 탁 트여 있었다. 마을은 여전히 평화롭게 보였다. 연합군은 4개월 전에 시칠리아 섬에 상륙했다. 베니토 무솔리니는 실각해서 포로로 잡혔다. 국왕은 피에트로 바돌리오 원수에게 군사정부를 구성하도록 지시했다. 얼마 후 연합군과 이탈리아 신정부 사이에 휴전 협정이 체결됐다. 1943년 9월 12일 아돌프 히틀러의 명령을 받은 독일 공수부대원들에 의해 무솔리니는 산장호텔에서 구출됐다. 2주 후에 무솔리니는 독일 제국의 보호를 받는 파시즘 정권인, 새로 수립된 '이탈리아 사회공화국' 정부 수반으로 임명됐다. 파브리치오는 그런 사건들은 거의 알지 못했다. 물론 전쟁이 있었고, 아버지의 남동생 두 명이 이탈리아와 그리스 사이 전쟁에서 3년 전에 전사했다는 사실은 그도 알고 있었다. 하지만 아버지의 남동생 두 명은 전혀 기억나지도 않았다. 그의 아버지는 당시 눈물을 흘렸다. 아버지는 전쟁은 광기라고 말했다. 파브리치오는 '광기'라는 단어를 기억했다. 하지만 아버지는 '광기'라는 단어를 계속 말했기 때문에, 파브리치오는 무슨 뜻인지는 몰랐으나 그 단어가 끔찍한 것이라는 걸 깨달았다. 지금은 군복을 입은 독일 군인들이 도처에서 눈에 띄었다. 가끔 친척들이 제노바에서 고향으로 와서 독일 군인들이 필요한 모든 것을 공장에서 수송하고 있다는 이야기를 전했다. 사람들의 얼굴은 침울했다. 사람들은 빨치산과 습격에 대해 수군거렸다. 어른들이 아이들에게 모든 것을 숨기려 해도 어떻게 알았는지 아이들은 '도둑과 경찰' 놀이를 하지 않고, 대신 '빨치산과 독일군인' 놀이를 했다. 가끔 아버지는 저녁에 회색 외투를 입고 베레모를 쓰고, 두 아이의 이마에 키스를 하고 농장을 떠났다. 파브리치오는 그런 날들 저녁이면 언제나 누나가 우는 소리를 들었다. 아버지는 방으로 누나를 불러서 자신이 빨치산이라고 누나에게 귀엣말했다. 어머니는 파브리치오가 태어났을 때 세상을 떠났다.

파브리치오가 언덕 꼭대기 고원에 도착했을 때, 평소처럼 잠시 멈춰 섰다. 그는 아버지의 농장, 농가와 작은 헛간을 볼 수 있었다. 그는 언덕을 달려 내려갔다. 그가 농장의 포석鋪石에 도착했을 때, 누나가 집 출입구에 서 있었다. 그녀는 여전히 교회 갈 때 입은 검은색 드레스를 입었고 울고 있었다. 파브리치오는 옆으로 쓰러진 자전거에서 뛰어 내렸다. 파브리치오는 누나에게 달려갔다. 누나는 파브리치오를 껴안고 계속 말했다. "그들이 아버지를 끌고 갔어. 독일 군인들이 아버지를 끌고 갔어." 파브리치오도 울기 시작했다. 파브리치오는 묻고 싶은 게 많았지만, 누나는 파브리치오와 이야기를 나누지 않았다.

잠시 후 그들은 헤어져 따로따로 부엌으로 들어갔다. 기계적으로 누나는 화덕으로 가서 계란 두 개를 깨서 프라이팬에 올리고 빵을 잘랐다. 파브리치오는 빵과 계란프라이를 먹었다. 누나는 빵과 계란프라이가 담긴 접시에 손도 대지 않았다. "식사를 마치면 마우로 외삼촌에게 가보자. 외삼촌은 확실히 무엇을 해야 할지 알고 있을 거야." 누나는 말했다. 마우로는 완고한 사람으로 자식이 없고 그들의 유일한 친척이었다. 그의 농장은 거의 10킬로미터나 떨어져 있었다. 누나는 파브리치오의 머리를 쓰다듬으며 창 바깥을 내다보다가, 갑자기 벌떡 일어서더니 소리를 질렀다. "뛰어, 파브리치오, 그들이 다시 오고 있어." 엔진이 쿵쾅거리는 소리가 들렸고, 창문을 통해 독일 군용 차량, 앞유리가 아래로 접힌 지프차, 보닛 위에 얹힌 예비 타이어가 보였다. 군인 한 명이 운전석에 앉아 있었다. "뛰어, 자 어서, 힘껏 뛰어" 누나는 외쳤다. 그녀의 목소리에 묻은 두려움이 파브리치오를 놀라게 했다. 그는 농장 마당을 가로질러 달려가 몇 년 동안 비어 있던 큰 개집에 숨었다. 그곳에서 그는 거칠고 구멍이 숭숭 뚫린 더러운 담요를 덮고 몸을 웅크리고 있었다. 개집 판자 사이의 갈라진 틈을 통해 그는 지프차의 타이어와 장화를 보았다. 그들은 잠시 멈춰 있더니 돌아서서 집으로 향했다. 그러더니 누나의 비명 소리가 들려왔다. 그는 어쩔 수 없었다. 그는 개집에서 기어 나와 열린 집 현관으로 달려가 부엌문을 밀쳐 열었다.

누나는 넓은 식탁 위에 등을 댄 채 누워 있었다. 그녀의 머리는 문을 향했다. 그녀의 드레스는 찢어졌고, 그녀의 하얀 속옷이 거친 옷감 위로 쏟아져 나왔다. 그 남자는 누나의 가랑이 사이에 서 있었다. 그는 바지를 내리고 셔츠와 상의 단추를 채웠다. 파브리치오는 군대 배지를 알고 있었다. 그는 장교가 아니었다. 이등병이었다. 그의 이마에는 커다란 톱니 모양의 흉터가 있었다. 그는 누나의 가슴에 권총을 댔다. 총탄은 장전됐고, 그는 방아쇠에 손가락을 갖다 댔다. 누나의 이마에 생긴 찢긴 상처에서 피가 흘러나왔다. 권총 손잡이에는 머리칼이 달라붙어 있었다. 그 남자의 얼굴은 빨개졌다. 그는 헐떡였고 땀을 흘렸다.

파브리치오는 비명을 질렀다. 큰 소리로 비명을 질렀다. 그 비명 소리는 농장의 그 어떤 소음보다 더 크게 들린 단 하나의 고음이었다. 그가 비명을 지르는 동안, 모든 일이 동시에 일어났다. 군인은 놀라서 뒤로 물러섰다. 소녀는 어머니가 선물한 에나멜로 만든 성모상이 달린 금색 목걸이를 걸치고 있었다. 권총의 가늠쇠는 소녀의 목걸이에 연결되어 있었다. 목걸이가 소녀의 목과 권총을 꽉 조였다. 그 남자는 권총을 낚아챘다. 저항이 방아쇠로 옮겨졌다. 총성이 울려 퍼졌다. 총알은 소녀의 목을 뚫고 동맥을 찢고 나와 식탁에 박혔다. 그녀는 목을 움켜쥐었고, 손가락 사이에서 피가 철철 흘러나왔다. 군인은 비틀거리며 뒤로 넘어져 바닥에 쓰러졌다. 파브리치오는 계속 비명을 질렀다. 그는 다음 광경을 이해할 수 없었다. 곧 총구에서 피어오른 옅은 푸른 연기, 발기된 음경, 유혈이 낭자한 식탁. 모든 것이 정지됐다. 세상은 더 이상 움직이지 않았다. 그때 그는 아버지의 갈색 담배통을 보았다. 담배통은 항상 있던 자리인 부엌 선반 위에 있었다. 매일 저녁 식사 후에 아버지는 담배 두 개비를 말아 피우면서 아이들과 이야기를 나누었다. 파브리치오는 담배통의 옻칠한 나무 뚜껑에 그려진 두 명의 붉은 인디언을 볼 수 있었다. 인디언들은 모닥불 옆에 평화롭게 오랜 시간 앉아 있었다. 그는 비명을 멈추었다. 군인은 권총을 무릎 위에 놓고 바닥에 앉았다. 그리고서 파브리치오를 빤히 쳐다보았다. 군인의 눈은 물처럼 연한 푸른색이고, 거의 무색에 가까웠다. 파브리치오는 그런 눈을 본 적이 없었다. 그는 군인의 눈에서 시선을 뗄 수 없었다. 그는 그 남자의 물기가 많은 창백한 눈을 바라보면서 거기에 그냥 서 있었다. 그 남자가 움직일 때 비로소 그도 가까스로 움직일 수 있었고 마침내 살기 위해서는 도망쳐야 한다는 생각이 들었다.

파브리치오는 부엌에서 농장으로 달려 나갔다. 그는 물에 젖은 포석에 미끄러져 오른쪽 무릎을 다쳤다. 아버지는 아마 일요일에 입는 나들이 바지를 찢은 것에 대해 그에게 화를 냈을 것이다. 그는 개집과 연못 사이에 있는 소나무 숲으로 들어간 다음 좁은 다리를 건너 계속 숲길을 따라 달리다가 드넓은 평야로 나갔다. 그는 얼마나 오랫동안 달렸는지 알지 못했다. 아마 끝없이 달렸을 것이다. 하지만 그때 외삼촌의 농장이 눈에 들어왔다. 외삼촌 집은 아버지 집과 전혀 달랐다. 외삼촌 집은 규모가 컸고 언덕 위에 길게 뻗어 있었다. 소나무 길이 외삼촌 집과 연결됐다.

현관문은 잠겨 있지 않았다. 파브리치오는 달려가다가 입구에서 외숙모 줄리아를 쓰러뜨릴 뻔했다. 그는 외삼촌이 두 명의 농장 일꾼과 함께 도착할 때까지 숨을 헐떡이며 말을 더듬었다. 그러더니 그는 비교적 침착하게 말했다. 마침내 외삼촌은 그가 하는 말을 알아들었다. 외삼촌은 찬장에서 산탄총을 꺼내 차를 타고 농장을 빠져나갔다.

외삼촌이 돌아왔을 때는 밤이었다. 그는 문 밖 계단에 앉아 어둠을 응시했다. 날씨가 추워졌다. 파브리치오는 그에게 걸어갔다. 외삼촌은 거대한 모직 외투를 펼쳤고 파브리치오는 외삼촌 옆에 모직 외투의 안감 위에 앉았다. 외삼촌은 한 팔로 그를 감쌌다. 외삼촌에게서 연기 냄새가 났다. 그의 얼굴과 두 손에는 그을음이 묻어 있었다. 부엌 창문의 노란 빛 속에서 파브리치오는 검댕이로 검게 그을린 외삼촌의 뺨에서 눈물 젖은 주름을 보았다.

"파브리치오, 내 새끼."

"네, 외삼촌." 그는 말했다.

"농장은 불타버렸고, 네 누나는 죽었어."

"누나가 불에 타 죽었다고요?"

"그래."

"누나는 전부 불에 탔어요?"

"그렇단다."

"외삼촌은 누나를 보셨어요?"

마우로 외삼촌은 고개를 끄덕였다.

"그리고 동물들, 동물들도 불에 타 죽었어요?"

"암소는 불에 타 죽었지. 다른 동물들은 어떻게 됐는지 몰라." 아저씨는 말했다. "아마 지금쯤이면 숲 속에 있을 거야."

파브리치오는 숲 속에 있는 동물들을 생각했다. 동물들은 분명히 춥고 배고플 것이다. 특히 돼지들은 늘 배고팠다.

"돼지들은 멧돼지들과 친구가 될 수 있어요." 파브리치오는 말했다. 눈 앞에 외삼촌의 거친 손이 보였다. 외삼촌 손은 아버지 손과 달랐다. 외삼촌 손은 아버지 손보다 더 크고, 털이 많고, 거무스름했다. 아버지 손과는 다른 냄새가 났다.

"네 누나가 군인들이 아버지를 끌고 갔다고 네게 말했지?"

"네. 누나는 그 군인들이 독일 군인들이었다고 말했어요."

"누나는 어디로 끌고 갔는지 말했니?"

"아니요." 파브리치오는 말했다.

"나는 내일 아침에 제노바로 간단다." 외삼촌은 말했다.

"군인들이 왜 아버지를 끌고 갔을까요? 아버지가 무슨 잘못이라도 했나요?"

"아니", 외삼촌은 말했다. "아버지는 옳은 일을 하셨다." 파브리치오는 외삼촌의 근육이 긴장되는 걸 느꼈다.

"가서 아버지를 데려올 거예요?" 파브리치오는 잠시 후 물었다.

"우리는 군인들이 무슨 말을 하는지 알아볼 거야." 외삼촌은 파브리치오를 더 세게 꼭 껴안았다. "너는 지금부터 우리와 함께 살게 될 거야."

"그러면 학교는요? 내일 학교에 가야 하나요?"

"아니", 외삼촌은 말했다. "내일은 학교에 가지 않아도 된단다."

"동물들은 천국에 갔을까요?"

"그건 모른단다, 얘야. 동물들은 선하지도 않고 악하지도 않단다."

외삼촌과 파브리치오는 계속 그 자리에 앉아 있었다. 외삼촌은 그의 머리 위에 외투를 씌워주었다. 양털은 따뜻했지만 그의 목덜미를 간지럽게 했다.

*

이튿날 마우로 외삼촌은 제노바로 갔다. 그는 최고로 멋진 정장을 입었다. 줄리아 외숙모는 제노바에 있는 친척들에게 줄 달걀 4상자를 포장했다. 외삼촌이 차로 출발할 때 파브리치오와 줄리아 외숙모는 계단에서 외삼촌에게 눈인사를 했다. 다음 며칠 동안 나이 많은 농장 일꾼은 농장을 돌봤고, 나이 적은 농장 일꾼은 사건을 신고하기 위해 지역 경찰서에 갔다. 이튿날 닭들은 불타서 없어진 울타리로 돌아왔고, 농장 일꾼이 숲속에서 돼지 한 마리를 찾았다. 늙은 신부가 파브리치오를 보러 왔다. 그는 초콜릿을 가져왔고 파브리치오에게 작은 은색 십자가가 달린 묵주를 선물했다.

마우로는 제노바에 나흘 머물렀다. 집으로 돌아온 그는 피곤한 기색이 역력했다. 그의 신발은 달창났고, 정장은 어깨에 비스듬히 걸렸고 얼룩져 있었다. 그가 종이쪽지를 펴는 동안 그들은 모두 식탁 주위에 앉았다. 외삼촌은 파브리치오의 아버지를 볼 수 없었지만, 이제 어디에 있는지 알고 있다고 말했다. 얇은 종이쪽지는 공문서처럼 보였고, 나치 문양 스탬프가 하나는 왼쪽 상단에, 다른 하나는 오른쪽 하단에 찍혀 있었다. 그 종이에는 '나치 친위대 정보기관'이라고 쓰여 있었다. 마우로 외삼촌은 나치 친위대에게 빨치산은 아주 특별한 죄수라고 말했다. 그는 아버지의 이름을 천천히 소리를 내어 읽었다. 그는 손가락으로 글씨를 따라갔다. 각 문장이 끝날 때마다 그들은 모두 동시에 말했고 그 의미를 이해하려고 애썼다. 종이쪽지에는 감옥의 이름이 쓰여 있었다. 감옥은 제노바 근교 마라시에 있었다. 두 명의 농장 일꾼은 서로에게 고개를 끄덕이고 어깨 사이로 머리를 들이밀었다. 마지막으로 외삼촌은 밀라노에 있는 나치 친위대 지역 사령부의 명령에 따라 파브리치오의 아버지가 체포됐다는 사실을 소리를 내어 읽었다. 외삼촌은 죄수들을 담당했던 사람의 이름을 소리 내어 읽었다. 그 사람은 독일 군인이었다. 마우로 외삼촌은 독일 이름을 제대로 발음하느라 진땀을 뺐다. 종이쪽지에는 "나치 친위대 대장 한스 마이어"라고 쓰여 있었다.

15

 "나치 친위대 대장 한스 마이어" 라이넨이 말했다. 500호 법정의 방청객 중 몇 명은 숨이 턱 막히는 것 같은 소리를 냈다. 기자석은 소란스러웠다. 기자 몇 명은 편집국에 전화하기 위해 일어섰다.

 "한스 마이어" 라이넨은 다시 말했다. 좀 더 낮은 목소리로, 마치 자신에게 말하는 것처럼 보였다. 그는 재판장 쪽으로 돌아섰다.

 "재판장님, 양해해 주신다면 다음 재판일에 이 진술을 계속 하고 싶습니다. 제 의뢰인은 지쳤습니다. 그리고 솔직히 말해서 저도 약간 지쳤습니다."

 라이넨은 재판장이 화가 난 것을 눈치챘다. 이 재판을 준비하기 위해 몇 달을 보냈다. 이제 남은 3일 동안 재판을 끝내는 것은 불가능할 것이다. 물론 변호사는 재판의 연기를 요구할 권리를 가졌다. 그래도 재판장이 대놓고 불만을 드러내지 않은 것이 기뻤다. 왜냐하면 재판장은 배심원들에게 피고인에 대한 편견을 갖게 하고 싶지 않았기 때문이다.

"알았어요, 변호인. 지금은 점심시간입니다. 당신의 의뢰인이 진술하는데 시간이 얼마나 걸릴지 알 수 있을까요?"

라이넨은 그녀의 목소리에서 비판적인 어조를 감지했다. 그는 개의치 않고 말했다. "확실히 2~3일은 더 필요할 것 같습니다." 그는 자신이 말한 것이 내일 신문에 실릴 거라는 걸 알고 있었다. 그는 법정 분위기의 변화를 감지할 수 있었다. 파브리치오 콜리니는 더 이상 아무런 동기 없이 독일의 대표적인 기업가를 사살한 미친 살인자가 아니었다. "재판장님, 더 많은 놀라운 일이 있을 겁니다. 저는 만반의 준비를 했습니다."

방청석은 다시 시끄러워졌다.

"그럼 오늘 재판을 휴정합니다. 다음 재판은 다음 주 목요일 오전 아홉 시에 이 법정에서 속개됩니다. 이 재판에 관련된 모든 사람은 참석해야 합니다. 그때 뵙겠습니다." 판사들과 배심원들은 일어나서 판사석 뒤에 있는 문을 통해 법정을 떠났다. 검사장 라이머스는 시끄러운 소음을 내면서 의자를 밀치고 문 쪽으로 걸어갔다. 그는 누구에게도 인사를 하지 않았다. 경찰관들은 방청석 문을 열고 모든 방청객에게 법정에서 나가달라고 요구했다. 마지막 한 사람까지 모두 법정을 떠나는 데 거의 십 분이 걸렸다.

요한나는 라이넨 맞은 편 공동 원고석에 여전히 경직된 상태로 앉아 있었다. 그녀는 얼굴이 창백했고, 입술에는 핏기가 가셨다. 그녀는 이전에 전혀 본 적이 없는 사람처럼 라이넨을 쳐다보았다. 그는 일어나서 그녀에게 갔다. "여기서 나를 데려가 줘." 누구도 그녀의 말을 들을 수 없었지만, 그녀는 귓속말을 했다.

법정 바깥에는 기자들이 기다리고 있었다. 한 경찰관이 요한나와 라이넨을 도왔다. 그는 작은 문을 열어서 두 사람이 빠져나가게 도와줬다. 기자들은 따라올 수 없었다. 라이넨은 정문을 통해 나가고 싶지 않았다. 그는 긴 복도를 지나 주차장으로 요한나를 데리고 갔다. 낡은 메르스데스는 즉시 시동이 걸리지 않았다.

"어디로 가고 싶어?" 그가 물었다.

"어디든 괜찮아. 여기서 떠나기만 하면 돼."

그는 도시를 지나서 쉴라흐텐 호수로 차를 몰았다. 그녀는 그 옆에 앉아 울었다. 그가 할 수 있는 일은 없었다. 그는 호수 부지에 있는 길에 차를 주차했다. 두 사람은 숲 속을 조금 걸었다.

"왜 전에 아무 말도 하지 않았어?" 그녀가 물었다.

"너를 보호하고 싶었어. 그러면 네가 마팅어에게 말해야 하니까."

그녀는 걸음을 멈추더니, 그의 팔을 꽉 붙잡았다. "정말 그게 다 사실이라고 생각해?"

그는 잠시 기다렸다. "호수로 내려가 볼까?" 그가 말했다. 그는 그녀의 질문에 대해 생각했다. "응, 사실이라고 생각해." 그는 마침내 말했다. 그는 다른 말을 하고 싶었을 것이다.

"왜 다 망쳤어?" 그녀가 물었다. "네 직업은 너무 잔인해."

그는 대답을 하지 않은 채 한스 마이어를 생각했다. 노인이 그의 머리를 쓰다듬는 듯한 느낌을 받았다. 어렸을 때 두 사람은 마이어와 함께 낚시를 하러 가곤 했다. 그들은 잡은 송어를 불에 구워서 소금만 뿌리고 버터만 발라서 먹었다. 필립과 그는 풀밭에 누웠고 마이어는 바지를 걷어 올리고 고무장화를 신고 나무 둥치 위에 앉았다. 그는 나무의 짙은 녹색과 물고기를 잡았던 시냇물의 더 짙은 녹색을 기억했다. 노인의 담배, 따뜻한 담배 연기, 여름의 열기. 그 어느 것도 더 이상 사실이 아니었다. 다시는 사실이 아닐 것이다.

라이넨은 호숫가로 내려갔다. 그는 물수제비를 뜬다고 돌멩이 하나를 호수에 던졌다. 돌멩이는 세 번 튀어 오르더니 이내 물속으로 가라앉았다. "네 할아버지가 돌을 던지는 법을 가르쳐줬어." 그는 돌멩이를 다시 던지면서 말했다. 그가 돌아섰을 때 요한나는 사라졌다.

16

 다음 재판 날 기자석과 방청석은 마지막 좌석까지 빈틈없이 꽉 들어찼다. 재판장은 소송 관계자들에게 간단히 인사했다. 재판장은 라이넨이 있는 방향으로 고개를 끄덕이더니 "계속 진행해주세요." 하고 말했다.
 라이넨은 일어났다. 그는 일주일 동안 낮에는 감옥에서 밤에는 책상에서 시간을 보냈다. 그는 최선을 다한 지금이 기뻤으며 더 이상 할 수 없었다. 법원으로 가는 택시 안에서 그는 잠이 들어서 운전사가 깨워야만 했다. 그는 준비한 글을 입식 책상 위에 올려놓았다. 그는 읽기 시작하면서 오늘 그가 자신의 어린 시절을 파괴한 것임을, 요한나가 그에게 돌아오지 않을 것임을 알았다. 그리고 그 어느 것도 중요하지 않다는 걸 알았다.
 1944년 5월 16일 저녁 10시 18분에 제노바의 비좁은 비아 디 라베카 골목 안 트렌토 카페의 14개의 테이블에는 모두 손님이 앉아 있었다. 평소 저녁처럼 독일 군인들만 카페 안에 있었다. 거의 모든 군인들은 해군이었다. 군인들은 군복 상의 단추를 풀고 카드놀이를 하고 있었다. 몇 명은 이미 술에 취해 있었다. 카운터에서 가방을 옆에 내려놓았던 그 남자는 상병 군복을 입고 있었다. 그는 누구에게도 말을 걸지 않았다. 그는 맥주 작은 한 병을 주문하더니 선 채로 다 마셔버렸다. 그리고 발로 가방을 카운터 아래로 반쯤 밀어 옮겼다. 가방은 무겁지 않았다. 채 1킬로그램도 되지 않았다. 카페에 들어오기 전에 그는 집게로 작은 놋쇠관 끝에 있는 앰플을 부숴버렸다. 그가 맥주를 마시고 있는 동안 가방 안의 염화구리 용액이 서서히 철선을 부식시키기 시작했다. 그에게는 최소한 15분의 시간이 남아 있다. 그들은 그에게 영국제 기폭 장치를 몇 번이고 설명했다. 철선이 녹자마자, 놋쇠관의 내부에 있는 스프링이 풀리고 공이치기가 뇌관에 부딪혀서 스파크를 일으킬 것이라고 설명했다. 독일제 기폭 장치는 사용할 수 없었다. 독일제는 작동 시간이 너무 짧았고 시끄러운 쉿 소리를 냈다. 그 남자는 빈 맥주잔을 카운터 위에 내려놓더니 맥주잔 옆에 돈을 두고 사라졌다. 18분 후에 'TNT'보다 훨씬 강력한 폭약 '플라스티트 베$^{\text{Plastit W}}$'가 초당 8,750미터의 속도로 폭발했다. 폭발의 압력은 가방 바로 옆에 서 있었던 군인의 몸을 으스러뜨렸고 또 다른 군인의 폐를 갈가리 찢어 버렸다. 두 사람은 즉사했다. 테이블과 의자는 허공으로 날아갔다. 병, 유리잔 그리고 재떨이는 깨져 산산조각이 났다. 나뭇조각이 한 하사관의 왼쪽 눈을 뚫고 들어갔다. 또 다른 14명의 군인은 부상을 입었다. 그들의 얼굴, 팔 그리고 가슴에는 유리 조각이 박혔다. 카페의 창들은 산산이 부서졌고, 문은 경첩에서 떨어져 나가 포장도로 위에 나뒹굴었다.

*

통역사는 새벽 2시에 눈을 떴다. 그는 등에 통증을 느꼈다. 왜냐하면 또 소파에서 잠이 들었기 때문이다. 왜냐하면 비좁은 아파트에서 아침부터 아내와 아이들을 깨우고 싶지 않았다. 몇 주 전부터, 새로운 독일인이 제노바의 나치 사무실을 인수해서 기업처럼 운영한 다음부터 사정이 이랬다. 새로운 독일인의 이름은 한스 마이어였다. 그는 이 지역에서 파업을 끝내야 할 임무가 있었고 지방 기업들은 전쟁 물자를 생산하는 데 필요했다.

 통역사는 잠시 더 누운 채로 있었다. 그는 차라리 메란 지역의 산골 마을에 머물렀다면 더 나을 뻔 했다는 생각을 자주 했다. 14년 전 여름, 이 산골 마을에 있는 부모가 경영하는 여관에서 그는 아내를 만났다. 그녀에게서 신선한 딸기 냄새가 났고, 마을의 소녀들보다 훨씬 더 우아했다. 저 높은 산에 올라갈 때도 그녀는 하이힐을 신었다. 그녀의 부모는 약혼을 승낙했다. 그는 그녀를 따라서 제노바로 갔다. 오랫동안 만사가 순조롭게 진행됐다. 하지만 전쟁이 시작됐을 때, 아버지가 병에 걸렸다. 그들은 의사들에게 진료비를 지불하기 위해 모든 것을 팔아야 했다. 그는 암시장에서 식료품, 담배, 가끔 작은 보석 등을 거래했다. 그는 계속 그렇게 살 수 있었다. 결국 전쟁은 언젠가 끝날 테니까.

그런데 곤경이 닥쳤다. 독일 군인들이 항구에서 '노상강도'를 수색하고 있었다. 그들은 빨치산을 노상강도라고 불렀다. 그는 빨치산이 아니었다. 단지 자신의 물건을 팔았을 뿐이다. 하지만 그는 다른 사람들과 함께 도망쳐서 창고에 숨었다. 여성 빨치산이 입구 앞에 누워 있었다. 그는 망설임 없이 그녀 위를 타고 넘어 올라갔다. 그녀는 피를 많이 흘렸다. 그녀 주변 바닥은 피 때문에 이미 검은색으로 변했다. 그는 은신처에서 기다렸고 그 여성 빨치산의 신음소리를 들었다. 잠시 후 여성 빨치산의 신음소리가 들리지 않았다. 그는 앞으로 걸어나가 그녀를 살폈다. 그때 등 뒤에서 총신이 닿는 걸 느꼈다.

독일 군인들은 그의 식료품과 담배가 들어 있는 가방을 몰수했고 그를 본부로 데려갔다. 독일 군인들은 그가 남부 티롤 지방 독일어로 말하는 걸 알고, 감옥에 보내는 대신 자신들을 위해 통역사로 써먹어야 한다고 말했다.

*

통역사는 일어나더니 의자에서 소지품을 집어 들고 옷을 입었다. 30분 후 그는 아파트를 떠났다. 그는 제노바의 마라시 구역으로 자전거를 타고 갔다. 5번 부서—사법 경찰—책임자는 그에게 늦어도 새벽 2시 45분까지는 감옥으로 가라고 말했다. 그들은 그에게 자신들의 계획을 말하지 않았다. 사실 들을 필요도 없었다. 그는 오래 전에 그것을 알았다. 예전에 이미 독일 군인들을 살해하려는 시도가 있었다. 하지만 독일 군인들은 트렌토 카페에서 폭탄이 터진 것을 묵과할 수 없었다. 그들은 '단호한 조치'를 취할 것이다. '단호한'이라는 단어는 독일 군인들이 즐겨 사용하는 단어였다.

그는 마라시 감옥에서 명단을 받았다. 새벽 3시였다. 그는 이름 옆에 붙은 번호를 복도 너머로 외쳐야만 했다. 명단에는 이름은 없고 번호만 있었다. 그들 중 누구도 폭탄 공격과 관련이 없었다. 죄수들은 감방 밖에 서 있었다. 잠 냄새가 공기 중에 떠돌았다. 그가 낮은 목소리로 말했을 때, 5번 부서에서 온 독일 군인이 말을 더듬었다. 하지만 그가 목소리를 높이자, 독일 군인은 더 이상 더듬대지 않았다. 통역사는 통역해야 했다. 죄수들은 옷을 입어야 했다. 그들은 이송될 것이다. 그들은 자신들의 소지품을 있던 자리에 그대로 두어야 했다. 소지품은 나중에 보내질 것이다. 아니, 그것은 착각이었다. 요즘 아무도 죄수의 소지품을 어디에도 보내지 않기 때문이다. 죄수들은 오늘 죽을 것을 직감했다. 마지막으로 독일 군인은 감방 문 번호를 확인하고 그 번호를 명단에서 지웠다.

감옥 마당은 밝게 빛났다. 사방 벽의 서치라이트가 켜져 있었다. 죄수들의 얼굴은 마치 과다하게 노출된 필름처럼 창백했다. 트럭이 마당 한가운데 멈춰 서 있었다. 트럭 뒤의 덮개는 뒤로 젖혀 있었다. 죄수들은 트럭 뒤칸으로 기어올라서 긴 의자에 앉았다. 기관단총으로 무장한 네 명의 군인이 그들을 감시했다. 그들은 본부 인원이 아니었고, 해군복을 입고 있었다. 아무도 소리쳐 명령하지 않았다. 죄수들 가운데 아무도 저항하지 않았다. 통역사는 해군 장교와 함께 지프차를 타고 이동했다. 감옥 문에서 한스 마이어는 지프차의 뒷좌석에 올라탔다. 통역사는 앞좌석 운전사 옆에 앉아 있었다. 통역사는 뒷좌석에 있는 사람들이 하는 말을 다 알아듣지는 못했다. 한스 마이어는 '히틀러의 명령'에 대해, '케셀링 장군'에 대해, '1대 10의 비율의 보복(독일 군인 1명을 죽인 대가로 빨치산 10명을 죽인다)'에 대해 말했다. 마이어는 자신이 피렌체로 소환됐다고, 로마의 비아 라셀라에서 33명의 독일 군인이 빨치산에게 사살을 당했다고, 중요한 것은 '보복'이라고 말했다. 통역사는 이 사건에 대해 들은 적이 있다. 독일인들은 보첸에서 온 군사 경찰이었다. 보복으로 케셀링 장군은 아르데아틴 동굴에서 335명의 민간인을 사살하게 했다. 그 민간인들은 독일 군인들에 대한 공격과는 아무런 관련도 없는 사람들이었다. 그들 가운데는 어린 아이도 있었다. "정말 깔끔하고 깨끗한 군사 작전"이었다고 한스 마이어는 말했다.

그들은 약 한 시간을 차를 타고 달렸다. 도로는 점점 좁아졌다. 트럭의 헤드라이트는 그들 바로 뒤에 머물렀다. 통역사는 사슴을 봤다. 그 사슴은 몸이 뻣뻣하게 굳었지만 아름다웠고, 눈은 유리와 같았다.

그들이 멈췄을 때, 그는 방향 감각을 잃었다. 두 대의 버스가 길가에 서 있었다. 도처에 독일 해군들이 있었다. 얼추 40명은 되어 보였다. 도로는 차단되었다. 죄수들은 트럭에서 내렸다. 군인들은 죄수들을 둘씩 짝을 지어 왼쪽 팔을 묶었다. 그래서 한 사람은 앞걸음으로, 다른 한 사람은 뒷걸음으로 걸어가야 했다.

통역사는 독일 군인들의 명령을 통역하면서 죄수들 곁에 머물렀다. 그는 마이어와 군인들을 따라서 골짜기로 갔다. 그는 비틀거렸고, 손끝은 바위에 쓸려 상처가 났지만 돌 위의 축축한 이끼를 꽉 움켜쥐었다. 모퉁이를 돌고난 다음 그들은 아래쪽에 좁은 골짜기의 밑바닥에 멈췄다. 옅은 안개가 사방 벽에 달라붙었다. 그들 앞에는 구덩이가 있었다. 다른 죄수들이 땅을 팠을 것이다. 구덩이의 가장자리에는 널빤지를 대 견고하게 만들었다. 통역사는 어쩔 수 없었다. 그는 아래를 쳐다봐야만 했다.

갑자기 모든 일이 매우 빠르게 진행됐다. 구덩이에서 5, 6미터 떨어져 열 명의 군인이 일렬로 늘어섰다. 다섯 명의 죄수가 구덩이로 끌려갔고, 마침내 나무판자 위에 섰다. 그들은 총구를 들여다보았다. 그들의 눈에는 눈가리개조차 하지 않았다. 설명도 없었고, 고해성사를 위한 사제도 없었다. 아무도 말을 하지 않았고, 장교의 명령만 들렸다. "사격 준비", "조준", "발사" 즉시 열 발이 발사됐다.

바위에 부딪혀 메아리가 되울려왔다. 죄수들은 등을 뒤로 해서 구덩이에 떨어졌다. 그 다음에 군인들이 다섯 명의 빨치산을 더 끌고 갔다. 그 사이에 권총을 든 늙은 하사관이 작은 사다리를 타고 구덩이 아래로 내려갔다. 그는 가죽군화를 더럽히지 않기 위해 고무장화로 갈아 신었다. 그는 구덩이 아래에서 두 죄수의 머리에 총을 쐈다. "아직 자비가 있는 것처럼"이라고 통역사는 생각했다.

나무판자 위에 서 있는 빨치산들은 자신들을 기다리는 죽음을 보았다. 먼저 죽은 사람들이 아래 구덩이 오물 속에 포개어져 있었다. 다리와 팔은 기괴하게 뒤틀려 있었고, 머리는 터져 있었고, 옷은 피범벅이 되었고, 진창에는 피가 흥건했다. 그렇지만 그들은 저항하지 않았다. 나중에 일일보고에는 이렇게 기록될 것이다. "보복 작전이 성공적으로 수행됐다. 돌발 사건은 없었다." 단 한 죄수만 정해진 일의 순서를 지키지 않았다. 그 죄수는 군인들을 보지 않고 하늘을 봤다. 그는 두 팔을 높이 들어 올렸다. "이탈리아 만세!" 그는 소리쳤다. 그러더니 한 번 더 "이탈리아 만세"라고 소리쳤다. 그의 목소리는 비현실적으로 들렸다. 한 군인이 평정심을 잃었다. 그는 너무 일찍 총을 쐈다. 총알 한 발이 비명을 뚫고 발사됐다. 통역사는 총알이 그 죄수의 가슴에 맞고 그 반동으로 죄수가 쓰러지는 것을 보았다. 죄수는 여전히 두 팔을 뻗은 상태였다. 너무 일찍 총을 쐈던 앳된 군인은 거의 어린 아이에 지나지 않았고, 입을 벌린 채였고, 총은 여전히 조준 상태였다. 앳된 군인은 이 날에 대해 누구에게도 말하지 않을 것이다. 그것은 더 이상 전쟁도, 전투도, 적과의 접촉도 아니었다. 사람들이 다른 사람들을 죽였다. 그것이 전부였다. 통역사는 앳된 군인의 눈을 보았다. 그는 어쩌면 조금 전까지만 해도 학교 혹은 대학의 강의실 책상에 앉아 있었을 것이다. 통역사가 살아있는 한, 기억할 것이다. 진실의 순간을. 하지만 통역사는 그 진실이 어떤 진실인지를 알지 못했다.

드디어 모든 것이 끝났다. 군인들은 삽질로 죽은 죄수들이 누워있는 구덩이를 메웠다. 마지막으로 군인들은 그 자리를 표시하기 위해서 큰 바위 하나를 올려놓았다. 돌아오는 길에 지프차를 탄 누구도 말을 하지 않았다. 통역사가 자전거를 타고 제노바로 돌아왔을 때, 해가 벌써 중천에 떠 있었다. 그는 집에 가고 싶지 않았다. 아내와 아이들을 보고 싶지 않았다. 대신 그는 바다로 가서 바닷가에 누워 파도를 쳐다보았다.

저녁에 통역사는 술에 취했다. 집에 돌아와서 그는 아내에게 골짜기에서의 아침에 대해 이야기했다. 두 사람은 부엌에 앉았고 아내는 그의 이야기가 끝날 때까지 그를 빤히 쳐다보았다. 그런 다음 아내는 일어서더니, 지쳐서 더 이상 때릴 수 없을 때까지 남편의 얼굴을 계속 가격했다. 그렇게 두 사람은 어둠 속에 오랫동안 서 있었다. 잠시 후 그는 불을 켜고 자신이 감옥에서 데리고 나온 죄수들의 이름이 적힌 명단을 아내에게 건네주었다. 아내는 그 명단을 큰 소리로 읽었다. 첫 번째 이름은 니콜라 콜리니였다.

나흘 뒤에 콜리니 가족이 살고 있는 마을에 소식이 도착했다. 밤에 마우로 외삼촌은 소년에게 몸을 굽혀 소년의 눈에 입맞춤을 했다.

그는 잠자고 있는 소년에게 말했다. "파브리치오, 지금부터 너는 내 아들이다."

17

"통역사는 1945년 제노바 특별 법원에서 사형을 선고받았습니다." 라고 라이넨은 말했다. 그런 다음 그는 자리에 앉았다.

법정의 침묵은 참을 수 없었다. 재판장조차 꼼짝도 하지 않고 라이넨이 서류들을 한데 모으는 모습을 바라보았다. 마침내 재판장은 검사장 라이머스 쪽으로 돌아섰다.

"검찰은 입장을 표명하시겠습니까?"

이 질문으로 법정의 긴장이 풀렸다. 검사장 라이머스는 손짓으로 재판장의 제안을 거절하며 서류들을 검토한 다음에 입장을 표명하겠다고 말했다. 그의 목소리는 거의 들리지 않았다. 재판장은 마팅어를 쳐다봤다. "원고 측 변호인, 할 말 있습니까?"

마팅어는 일어섰다. "변호인이 묘사한 사건들은 너무 끔찍해서 시간이 필요합니다. 이 법정에 있는 누구도 다르게 느끼지는 않는다고 생각합니다." 그는 말했다. "하지만 내가 도저히 이해하지 못하는 한 가지가 있습니다. 나는 이렇게 자문합니다. 왜 지금일까? 여기에 제출된 것이 옳다면, 또 다른 질문이 있습니다. 피고인이 한스 마이어를 살해하기 전에 그렇게 오랫동안 기다린 이유는 무엇입니까?"

라이넨은 자신의 의뢰인이 나중에 서면으로 그 질문에 답변할 거라고 말하려 했다. 콜리니가 옆에서 움직이는 것을 눈치채지 못했다. 덩치가 큰 남자는 일어서더니 마팅어를 꼼짝도 않고 쳐다보았다. 그러더니 그는 말했다. "내 숙모는…" 처음으로 법정에서 듣는 굵고 부드러운 목소리였다. 라이넨은 우왕좌왕했다.

"나에게 맡겨주세요." 콜리니는 라이넨에게 낮은 목소리로 말했다. 그러더니 그는 다시 마팅어 쪽으로 돌아섰다. "숙부는 오래 전에 사망했습니다. 숙모 줄리아는 2001년 5월 1일에 사망했습니다. 숙모는 내가 일자리 때문에 살인자들의 나라인 독일에 간다는 걸 참을 수 없었습니다. 독일 감옥에 있는 나를 생각한다면 숙모는 죽고 싶었을 것입니다. 그래서 숙모의 죽음을 기다려야 했습니다. 그때 비로소 나는 마이어를 죽일 수 있었습니다. 이것이 전부입니다." 콜리니는 앉았다. 그는 조심해서 앉았다. 소음을 일으키고 싶지는 않았다. 마팅어는 잠시 그를 쳐다보더니 말했다. "재판장님, 저는 추가 입장 표명을 다음 재판일에 발표하고 싶습니다."

재판장은 휴정을 선언했다.

라이넨은 법원 주차장으로 가서 차를 가져왔다. 그는 차로 오랫동안 도시를 돌아 다녔다. 한 노숙자가 교차로에 종이컵을 들고 앉아 있었다. '운터 덴 린덴' 거리에서는 선생님이 학생들에게 프리드리히 대제의 동상과 1933년 5월 나치의 분서焚書를 상기시키는 기념물을 보여주고 있었다. 한 정치인의 포스터는 경제 성장과 낮은 세금을 약속했다. 라이넨은 누군가에게 말을 하고 싶었다. 하지만 주변에는 그가 말을 걸 수 있는 사람이 없었다. 그는 '7월 17일의 거리'에 있는 벼룩시장에 차를 몰고 도착해서 노점들을 어슬렁거리며 돌아다녔다. 죽은 사람의 아파트가 청소되었을 때, 거기서 남겨진 것들이 벼룩시장에 모였다. 식사 도구, 전등, 복제한 예술작품, 빗, 유리잔, 가구. 한 젊은 여성이 모피 코트를 입어보고 있었다. 그녀는 남자 친구 앞에서 포즈를 취하면서 입을 삐죽거렸다. 한 남자는 옛날 화보잡지들을 팔면서 마치 따끈따끈한 신간인 것처럼 선전했다. 라이넨은 그의 말을 잠시 듣고는 다시 차로 돌아갔다.

18

다음날 재판에서 재판장이 모두에게 인사하자마자 마팅어는 즉시 자리에서 일어났다. 오늘 그는 이틀 전과는 다르게 보였다. 그의 이마에는 가로와 세로로 주름이 깊게 패었다. 그는 집중했고 에너지가 넘쳤다. 재판장은 그에게 발언을 요청했다.

그는 발언하기 시작했다. "존경하는 판사님들, 변호인은 지난 재판일에 피고인의 행위의 동기를 우리에게 전해주었습니다. 피고인의 아버지가 한스 마이어의 명령에 따라 총살을 당했습니다. 파브리치오 콜리니는 57년이 지나서 그에게 복수합니다. 물론 살해 동기는 납득이 될지도 모릅니다. 하지만 파브리치오 콜리니의 아버지의 총살이 당시의 법에 의해 허용됐다면, 살해 동기는 전혀 다른 시각에서 봐야합니다. 왜냐하면 이 경우에는 콜리니가 법의 견지에서 볼 때 옳았던 일만을 실행에 옮긴 사람을 살해했기 때문입니다."

마팅어는 심호흡을 하고 라이넨 쪽으로 돌아섰다. "그것은 별 문제로 하더라도, 희생자를 보호하는 것이 공동 원고의 임무 가운데 하나이기도 합니다. 그리고 이 소송에서 희생자는 피고인이 아니라 여전히 한스 마이어입니다."

"당신이 무슨 말을 하려고 하는지 이해가 잘 안 됩니다."

재판장은 그의 발언을 중단시켰다.

마팅어는 한 무더기의 신문을 공중 높이 들었다. 그는 목청을 돋우었다. "변호인은 한스 마이어를 피도 눈물도 없는 살인자로 묘사하는 데 성공했습니다. 모든 신문은 그가 저지른 끔찍한 행동에 대해 기사를 쓰고 있습니다. 재판장님도 틀림없이 그 기사를 읽으셨을 겁니다."

그는 자신의 책상위로 신문을 던졌다. "이제 우리는 한스 마이어가 정말 살인자였는지를 우리에게 말해 줄 수 있는 전문가 증인에게서 증언을 들어야만 합니다. 공격에는 반격이 뒤따르는 법입니다. 이것이 형사소송법의 중요한 원리입니다. 달리 말하면 우리는 결국 총살이 정당했는지를 밝히기 위해서 법정을 총살에 대한 증거를 수집하는 일에 매달리게 함으로써 몇달 동안 교착 상태에 빠지게 할 수는 없습니다."

마팅어는 돋보기안경을 벗고 테이블에 몸을 기대면서 재판장을 쳐다보았다. "저는 루트비히스부르크 연방기록보관소 소장을 전문가 증인으로 부르게 해주실 것을 법정에 요구합니다. 저는 슈반 박사에게 여기로 와달라고 요청했습니다. 그녀는 법정 바깥에서 기다리고 있습니다."

"마팅어 씨, 이런 행동은 매우 이례적입니다." 재판장은 고개를 저으면서 말했다. "당신은 증거 신청을 하지도 않았고, 법정은 슈반 박사를 부르지도 않았습니다."

"알고 있습니다." 마팅어는 말했다. "그래서 저는 법정의 관용을 요구합니다. 하지만 저는 공동 원고의 이익을 위해 신속하게 행동해야만 했습니다."

재판장은 자신의 오른편과 왼편에 앉아 있던 판사들을 쳐다보았다. 두 판사는 고개를 끄덕였다. "우리는 오늘 다른 증인들을 부르지 않았습니다. 검찰과 변호인이 이의가 없다면, 슈반 박사를 증인으로 인정하겠습니다. 하지만 마팅어 씨, 바로 말씀드리겠습니다. 이러한 소란을 허용하는 것은 이번이 마지막입니다."

"대단히 감사합니다." 마팅어는 자리에 앉으면서 말했다.

재판장은 경찰관에게 전문가 증인을 부르라고 부탁했다. 그녀는 법정 안으로 들어와서 증인석으로 갔다. 머리는 뒤로 빗어 넘겼고, 화장기는 전혀 없었고, 지적인 얼굴이었다. 그녀는 서류 가방을 열고 열 개 가량의 연회색 서류철을 자신 앞에 있는 테이블 위에 올려놓았다. 그런 다음 그녀는 재판장을 쳐다보고 잠시 미소를 지었다.

"당신 이름과 나이를 말해 주시겠습니까?" 재판장은 물었다.

"이름은 지빌레 슈반 박사, 나이는 서른아홉 살입니다."

"직업은 무엇입니까?"

"역사학자이며 법학자입니다. 지금은 루트비히스부르크 연방기록보관소 소장으로 일하고 있습니다."

"당신은 피고인과 친척간입니까 아니면 인척간입니까?"

"둘 다 아닙니다."

"슈반 박사님, 법은 당신에게 다음의 몇 가지 점을 조언해야 한다고 규정합니다. 당신은 편견 없이, 당신이 아는 것을 최대한 그리고 양심에 따라서 진술해야 합니다. 위증은 최소 일 년의 금고형을 받습니다." 재판장은 마팅어 쪽으로 돌아섰다. "마팅어 씨, 당신은 슈반 박사를 이 법정에 출석하라고 요구했습니다. 법정은 당신이 전문 감정인에게 질문하고 싶은 주제가 무엇인지 알지 못합니다. 따라서 당신에게 바로 질문권을 드립니다. 그러면 시작하십시오." 재판장은 상체를 뒤로 젖혔다.

"대단히 감사합니다." 마팅어는 돋보기안경 너머로 전문가 증인을 쳐다보았다. "슈반 박사님, 당신의 이력과 교육에 대해서 말씀해 주시겠습니까?"

"저는 본에서 법학과 중세 역사를 공부했습니다. 이 두 전공을 졸업했고, 역사 전공에서는 박사학위를 받았습니다. 그 후 마르부르크 기록보관 전문대학에서 2년간 실무 교육을 받았습니다. 일 년 반 전부터는 루트비히스부르크 연방기록보관소 지부에서 소장으로 일하고 있습니다."

"정확하게 어떤 기록보관소입니까?"

"1958년 '나치 범죄를 규명하기 위한 연방 사법 센터'가 설립됐습니다. 루트비히스부르크에는 충분한 사무실 공간이 있었습니다. 그래서 그곳에 '센터'가 설립됐습니다. 이 센터로 독일 모든 연방주에서 판사와 검사가 파견됐습니다. 그들은 가능한 한 아직도 남아 있는 나치 범죄에 대한 모든 자료를 수집하고, 예비 조사를 수행하고, 해당 검찰청에 공식 기록을 넘겨주었다고 합니다. 2000년 1월 1일에 이 루트비히스부르크의 건물에 연방 기록보관소 지부가 설치됐습니다. 우리는 '센터'의 자료들을 관리합니다. 지부에는 약 팔백 미터에서 천 미터 높이의 기록물이 보관되어 있습니다."

"그러니까 기록보관소 소장으로서 당신은 직업상 제3제국에서 인질과 빨치산을 사살한 것에 관심이 있군요."

"네."

"우리에게 빨치산 사살이 무엇인지를 쉬운 말로 설명해주시겠습니까?"

"독일인들과 동맹국은 제2차 세계대전에서 민간인들을 사살했습니다. 이 사살은 자국 전투 부대를 공격한 것에 대한 보복으로, 사람들이 다시는 자국 전투 부대를 공격하지 못하게 하는 수단으로 간주됐습니다."

"알겠습니다. 그런 일이 자주 일어났습니까?"

"네, 매우 자주 일어났습니다. 예를 들면 프랑스 한 곳에서 3천 명이 사살됐습니다. 전체 숫자는 수십만 명에 이릅니다."

"나치가 패망한 다음 이 사살 때문에 형사 소송이 진행됐습니까?"

"네. 많은 나라에서 진행됐습니다. 프랑스, 노르웨이, 네덜란드, 덴마크, 오스트리아, 이탈리아는 영국 군사법정에서, 그리고 독일은 뉘른베르크 미국 군사법정에서 관할했고, 나중에 물론 독일연방공화국에서도 형사 소송이 진행됐습니다."

"어떤 결과가 나왔습니까?"

"다양한 결과가 나왔습니다. 무죄 판결도 있고 유죄 판결도 있습니다."

"예를 들면 뉘른베르크에서 열린 미국 군사법정은 이 상황을 어떻게 봤습니까?"

"소위 인질 재판에서 독일 장군들은 그리스, 알바니아와 유고슬라비아에서 수십 만 명의 무고한 민간인들을 살해했다는 이유로 기소됐습니다. 검찰은 유죄 평결을 요구했습니다."

"법정은 어떤 결정을 내렸나요?"

"법정은 민간인 살해가 '야만적인 과거의 잔재'라고 말했습니다. 하지만…"

"하지만 뭡니까?" 마팅어가 질문했다.

"극단적인 경우에는 살해가 정당하다고 판결을 내렸습니다."

"정당하다고요? 무고한 민간인들을 살해한 행위가 정당하다고요? 도대체 어떤 상황에서 그럴 수 있었습니까?" 마팅어는 질문했다.

"여러 가지 상황에서. 예를 들면, 여성들과 어린 아이들을 살해하는 것은 결코 정당하지 않았습니다. 살해 그 자체가 잔인해서는 안 됩니다. 처형되기 전에 누구도 고문을 당해서는 안 됩니다. 실제로 공격한 범인을 붙잡기 위해 항상 진지한 노력을 해야 합니다."

"또 다른 조건들이 있었습니까?"

"네. 보복 사살한 사실은 사후에 공표해야 했습니다. 그것이 나머지 주민들이 추가공격을 받지 않는 유일한 방법이었습니다. 어느 정도 비율로 사살이 정당화될 수 있는지에 대해서는 논란이 분분했습니다."

"무슨 말인지요?" 마팅어는 질문했다.

"죽은 군인 한 명 당 민간인 한 명을 사살해도 괜찮습니까? 아니면 열 명? 아니면 천 명?" 전문가 증인은 말했다.

"이 질문에 대한 대답은 무엇입니까?"

"아주 다양합니다. 국제법에는 확실한 규정이 없습니다. 히틀러는 1941년에 100대1의 비율을 요구했습니다. 분명히 국제법상 허용되지 않았을 겁니다."

"최고 한도는 얼마입니까?" 마팅어는 질문했다.

"일괄적으로 대답할 수는 없습니다. 여하튼 지나쳐서는 안 될 겁니다."

"대단히 감사합니다. 슈반 박사님. 본래의 주제로 돌아갑시다. 당신은 한스 마이어 서류철을 잘 알고 있습니까?"

"네, 잘 알고 있습니다."

"그러면 자세히 살펴봅시다. 1944년 이탈리아 빨치산들이 제노바의 한 카페에서 폭탄을 터뜨립니다. 두 명의 독일 군인이 이 폭발로 죽습니다. 당신이 열거한 기준에 따르면 이건 공격이겠네요?"

"네."

"빨치산들에게 공격당한 후 정보기관은 공격한 빨치산들을 찾기 위해 애를 썼지만 찾지 못했습니다. 당신이 열거한 조건들 중 하나인 이 조건이 충족되었다고 말할 수 있습니까?"

"네, 그렇습니다."

"한스 마이어는 상관의 명령에 따라 스무 명의 빨치산을 사살했습니다. 비율은 1대10이었습니다. 비율이 너무 높았습니까? 아니면 사살은 정당했습니까?"

"명확하게 말씀드릴 수 없습니다. 하지만 정당한 행위로 간주되어야 할 것입니다."

"하지만", 마팅어는 말했다. "법정은 여자들과 어린 아이들을 사살하지 말라고 했습니다. 제 말이 맞죠?"

"네. 여자들과 어린 아이들을 사살하는 것은 결코 정당하지 않았습니다. 그 경우에는 가해자들은 유죄 판결을 받았습니다."

"서류철에 따르면, 이 경우에는 어른들만 사살됐습니다. 가장 나이 어린 사람이 스물네 살이었습니다. 국제법은 이 행위에도 정당성을 부여했죠?"

"네."

"당신이 아는 한, 물론 금지된 일이지만 사살하기 전에 정보를 얻어내기 위해서 사람들을 고문했습니까?"

"아니요. 그것에 대해서는 서류철에 진술이 없습니다."

"빨치산들을 사살한 것이 사후에 공표됐습니까?" 마팅어는 질문했다.

"서류철에는 그것에 관한 기사들이 지역 신문 세 곳에 실려 있습니다. 국제법의 원칙에 따르면 그렇게 하는 것으로도 충분합니다."

마팅어는 재판부 쪽으로 돌아섰다. "다시 말해서, 전문 감정인이 열거한 모든 기준이 충족됐습니다." 그는 안경을 벗었고 자기 앞에 있는 서류철을 한쪽으로 치웠다. "슈반 박사님, 한스 마이어에 대한 소송이 진행된 적이 있습니까?"

"네."

"'네'라고요?" 마팅어는 놀란 듯 행동했다. "검찰이 실제로 한스 마이어를 수사했습니까?"

"네, 슈투트가르트 검찰이."

"그때가 언제였습니까?"

"1968년과 1969년입니다."

"한스 마이어는 유죄 판결을 받았습니까?"

"아니요."

"아니라고요? 그러면 기소됐습니까?"

"아니요."

"그렇다면 심문은 받았습니까?"

"아니요."

"아, 그렇군요." 마팅어는 의자에 앉은 채 몸을 반쯤 돌려서 방청석과 기자석을 바라보았다. "그는 심문을 받은 적이 없었습니다. 흥미로운 사실입니다. 슈투트가르트 검찰이 이러한 혐의로 한스 마이어를 상대로 소송을 진행하고, 수사하고, 조서를 작성했지만, 그는 기소되지도 않았고 유죄 판결을 받지도 않았습니다. 우리는 방금 한스 마이어가 인질 사살 허용 기준을 모두 충족했다는 사실을 들었습니다. 그래서 마지막 질문입니다, 슈반 박사님. 한스 마이어에 대한 소송에 무슨 일이 있었습니까?"

"소송이 중단됐습니다."

"맞아요, 소송이 중단됐습니다." 마팅어는 말했다.

"1969년 7월 7일 슈투트가르트 검찰은 한스 마이어에 대한 수사를 중단했습니다."

"맞습니다." 전문가 증인은 도움을 구하듯 라이넨 쪽을 바라보았다. 거의 눈에 띄지 않게 라이넨은 고개를 끄덕였다.

"감사합니다, 슈반 박사님." 마팅어는 재판부 쪽으로 돌아섰던. "전문가 증인에게 더 이상 질문할 것이 없습니다." 그가 이겼다. 한스 마이어는 더 이상 살인자가 아니었다. 마팅어는 미소를 지었다.

"이제 점심시간을 갖기 위해 휴정합니다." 재판장이 말했다.

라이넨은 콜리니를 보았다. 그는 고개를 숙였고 두 손은 무릎 위에 무겁게 놓여 있었다. 덩치가 큰 콜리니는 눈물을 흘렸다.

마팅어가 콜리니의 아버지를 두 번 죽이는 데 고작 2시간 밖에 걸리지 않았다.

"아직 끝나지 않았습니다." 라이넨은 말했다. 콜리니는 반응을 보이지 않았다.

법정 바깥에서 마팅어는 기자들의 질문에 답변하고 있었다. 라이넨은 마팅어 옆을 지나 바깥으로 나갔다. 보도에는 기자들이 서 있었다. 기자 한 명이 느닷없이 그를 뒤쫓았다. 하지만 라이넨은 그를 거들떠보지도 않았다. 라이넨은 골목에서 걸음을 멈추고, 서류 가방을 내려놓고, 건물 벽에 기댔다. 그의 허벅지 경련은 천천히 잦아들었다. 라이넨은 법원의 부속 건물을 지나, 작은 공원 쪽으로 갔다. 빌스나커슈트라세의 높은 벽돌담에서 그는 전에 보지 못했던 기념 명판을 봤다. "광기만이 이 땅의 군주였다." 알브레히트 하우스호퍼의 모아비트 소네트에서 발췌한 구절이다. 하우스호퍼는 이 시를 감옥에서 썼고 1945년 나치에 의해 사살됐다. 라이넨은 벽돌담의 입구 안으로 들어갔다. 그곳에는 비상시에 사용됐던 공동묘지가 있었다. 시 당국은 다음의 문구가 적힌 커다란 콘크리트 기념비를 세웠다. "이들은 교전할 때, 방공호 안에서, 생활필수품을 조달할 때, 목덜미에 총을 맞아 죽거나 아니면 스스로 목숨을 끊었다." 그는 벤치에 앉았다. 전쟁이 끝나기 전 며칠 동안 사망한 사람 300명이 여기에 누워 있었다. 도시 한가운데 있는 비현실적인 장소였다.

라이넨은 전쟁이 어땠는지 상상할 수 없었다. 그의 아버지는 추위, 질병과 더러움, 고드름이 달라붙은 군인들, 결핍, 죽음과 불안에 대해 말했다. 라이넨 자신은 수없이 많은 영화를 보았고, 책과 에세이를 읽었다. 제3제국은 학교의 거의 모든 과목에서 토론의 대상이었고, 많은 선생들은 1960년대를 공부했고, 자신들의 부모보다 더 잘 하고 싶었다. 그러나 결국 그것은 모두 먼 세상이었다. 라이넨은 두 눈을 감았고 긴장을 풀려고 애썼다.

*

오후 2시 직후 모든 사람이 다시 법정으로 돌아왔을 때 재판장은 말했다. "재판부는 전문가 증인에게 질문이 없습니다. 검사장께서는 질문이 있습니까?" 라이머스는 고개를 저었다. 재판장은 라이넨 쪽으로 돌아섰다. "변호인은?"

방청객 위에 걸린 벽시계는 오후 2시 6분을 가리켰다. 방청객들, 기자들, 판사들, 검사, 마팅어와 전문가 증인 등 모든 사람은 라이넨을 쳐다봤고, 모든 사람은 기다렸다. 빛이 높은 노란색 창 안으로 쏟아져 들어왔고 재판장의 안경 위에 부딪쳐 부서졌다. 먼지가 공기 중에 떠돌아다녔다. 바깥 도로에서는 자동차가 경적을 울렸다.

재판장은 말했다. "변호인도 질문이 없는 것이 분명합니다. 전문가 증인의 선서를 요청하실 분 있습니까? 없습니까? 좋습니다. 전문가 증인을 가게 할까요?" 라이머스와 라이넨은 고개를 끄떡였다. "그러면 슈반 박사님, 갑작스럽게 출석해주신 것에 감사합니다. 그리고 (…)"

"아직 몇 가지 질문이 있습니다" 라이넨은 큰 소리로 재판장의 말을 가로막았다. 마팅어는 입을 열었지만 아무 말도 하지 않았다.

"너무 늦었습니다. 변호인. 하지만 계속 하세요." 재판장은 화가 났다.

라이넨의 목소리는 변했다. 지금 그의 목소리에는 부드러움이 없었다. "슈반 박사님, 누가 한스 마이어를 고발했는지 말해주시겠습니까?"

"당신의 의뢰인인 파브리치오 콜리니입니다."

판사들 가운데 한 명이 갑자기 고개를 들었다. 아무도 그 사실을 몰랐다. 마팅어의 얼굴은 백지장처럼 하얗게 변했다.

"언제 검찰이 수사를 중단했습니까?"

전문가 증인은 서류철을 훑어보았다. "1969년 7월 7일입니다.

파브리치오 콜리니는 1969년 7월 21일 수사 중단을 결정한 통지서를 받았습니다."

"다시 한 번 확인하기 위해서입니다. 우리는 지금 마팅어 씨가 점심시간 전에 당신에게 질문했던 소송 중단에 대해 말하고 있는 거죠?"

"네."

"빨치산을 사살한 것이 정당했기 때문에, 슈투트가르트 검찰이 한스 마이어에 대한 소송을 중단한 거죠?"

"아닙니다."

"뭐라고요? 아니라고요?" 라이넨의 목소리가 커졌다. 그는 법정 안에 있는 모든 사람의 놀라움을 반영했다. 그 자신을 제외한 모든 사람. "방금 당신이 우리에게 그렇게 말했습니다."

"아니요. 그렇게 말하지 않았습니다. 마팅어 씨가 교묘하게 질문했습니다. 그래서 그런 인상을 줄 수 있었을 겁니다. 나는 단지 수사가 중단됐다는 사실을 말씀드렸을 뿐입니다. 수사가 중단된 이유는 전혀 다른 것이었습니다."

"전혀 다르다고요? 사살이 없었습니까?"

"있었습니다."

"그때 한스 마이어는 개입하지 않았습니까?"

"한스 마이어는 명령권을 가진 장교였습니다."

"이해가 되지 않습니다. 그렇다면 그에 대한 소송이 중단된 이유가 무엇이었습니까?"

"아주 간단합니다." 그녀는 뜸을 들이다가 대답했다. 라이넨은 이 질문이 그녀가 가장 좋아하는 주제에 관한 것임을 알고 있었다. 그들은 루트비히스부르크에서 여러 시간 이 주제에 대해서 토론을 벌였다. "사살 행위에 대한 공소 시효가 만료됐습니다."

법정은 술렁거렸다.

"공소 시효가 만료됐다고요?" 라이넨은 반복해서 말했다. "한스 마이어가 유죄인지 여부는 조사되지 않았습니까?"

"그렇습니다."

"당신이 한 말을 제대로 이해했다면, 내 의뢰인이 자신의 아버지를 사살하라고 명령했던 사람의 이름을 검찰에 말했군요. 파브리치오 콜리니는 법치국가가 그에게 요구했던 모든 것을 지켰습니다. 즉 그는 고발했습니다. 그는 증거들을 말했습니다. 그는 당국을 믿었습니다. 그런데 일 년 뒤에 그는 달랑 편지 한 통을 받았습니다. 그 편지에 소송이 중단됐는데, 그 이유가 그 행위에 대한 공소 시효가 만료됐기 때문이라고 적혀 있었습니까?"

"네. 1968년 10월 1일 발효됐던 법 때문에 그 행위에 대한 공소 시효가 만료됐습니다."

기자들은 다시 가방에서 메모지를 꺼내서 바쁘게 받아 적었다.

라이넨은 여전히 놀란 척하고 있었다. "뭐라고요? 여하튼 1968년은 학생 시위의 해였습니다. 국가는 비상상태였습니다. 학생들은 부모 세대에게 제3제국에 대한 책임을 물었습니다. 그런데 하필이면 이 해, 1968년에 연방 의회가 그러한 행위들에 대한 공소 시효의 만료를 결의했다는 말입니까?"

마팅어는 일어섰다. 그는 다시 기운을 되찾았다. "이의를 제기합니다. 이게 뭡니까? 형사 소송입니까 아니면 역사 강의입니까? 이 문제는 소송과 전혀 관계가 없습니다. 당시 연방 의회는 이러한 범죄의 공소 시효가 만료됐다고 말하고 싶었던 것이 분명합니다. 여기 법정 앞에는 입법자가 아니라 피고인이 서 있습니다."

"그 반대입니다. 이 문제는 죄의 문제와 상당한 관련이 있습니다. 마팅어 씨." 라이넨은 말했다. 그의 목소리는 거칠었다. "콜리니가 사람을 죽였다는 사실에는 변함이 없습니다. 하지만 당신도 말했듯이, 그의 행위가 자의적이었는지 아니면 공감할 수 있는지 사이에는 큰 차이가 있을 수 있습니다."

재판장은 만년필을 손에 잡고 천천히 돌렸다. 그녀는 처음에는 마팅어를, 이어서 라이넨을 쳐다보았다. "질문을 허락합니다." 그녀는 마침내 말했다. "당신의 질문은 피고인의 동기와 상응해서 죄 문제에 결정적인 영향을 줄 수 있습니다." 마팅어는 다시 자리에 앉았다. 그녀의 결정에 대해 불평하는 것은 소용이 없었다.

"그 질문을 다시 해주시겠습니까?" 슈반 박사가 말했다.

"물론입니다. 그 질문을 다르게 표현하려 합니다." 라이넨은 말했다. "마팅어 씨는 방금 1968년 연방 의회가 나치 범죄에 공소 시효를 적용하려 했다고 말했습니다. 나는 역사가인 당신에게 묻습니다. 그 말이 맞습니까?"

"아니요. 문제는 훨씬 더 복잡합니다."

"더 복잡하다고요?"

"그 시절에 독일에서는 뜨거운 논쟁이 벌어졌습니다. 제3제국 시기의 모든 범죄는 1960년부터 공소 시효의 적용을 받았습니다. 살인 행위만 공소 시효의 적용을 받지 않았습니다. 살인 사건은 계속 기소될 예정이었습니다. 하지만 그 후 재앙이 닥쳤습니다."

"무슨 일이 있었습니까?" 물론 라이넨은 대답을 알지만, 반대 신문을 통해 무엇이 문제인지를 모든 사람이 이해할 수 있도록 전문가 증인을 이끌어야 했다.

"1968년 10월 1일 전혀 이목을 끌지 못하는 법이 공포됐습니다. 그 법의 이름은 '질서위반법 시행령'이었습니다. 이 법은 중요하지 않은 것처럼 보여서 연방 의회에서 한 번도 토론된 적이 없었습니다. 이 법이 의미했던 것을 이해한 연방 의원은 아무도 없었습니다. 이 법이 역사를 바꿀 줄은 아무도 몰랐습니다."

"우리에게 조금 더 자세히 설명해주시기 바랍니다."

"모든 것은 에두아르트 드러 박사라는 사람에게서 시작되었습니다. 드러는 제3제국 시기에 인스부르크 특별 법정 검사장이었습니다. 이 시기의 그에 대해 우리가 아는 것은 많지 않습니다. 하지만 그에 대해 우리가 아는 것은 섬뜩합니다. 예를 들면 그는 약간의 음식을 훔친 남자에게 사형을 구형했습니다. 그리고 불법적으로 의류 쿠폰 몇 장을 구입했던 여자에게도 사형을 구형했습니다. 그녀에게 내려진 15년의 징역형 판결에 드러는 만족하지 않았습니다. 그는 그녀를 노동교화수용소로 보냈습니다."

"노동교화수용소라고요?"

"강제수용소와 견줄 만합니다." 전문가 증인은 말했다. "나치 항복 이후 드러는 처음에 서독에 정착해 변호사 개업을 했습니다. 하지만 그는 1951년 연방 법무부에 불려왔습니다. 그때부터 그는 출세가도를 달렸습니다. 드러는 법무부 형법과 과장이자 책임자가 됐습니다."

"사람들은 드러의 과거에 대해 알았습니까?"

"네."

"그런데도 그는 채용됐습니까?" 라이넨은 질문했다.

"네."

"법에는 무슨 일이 있었습니까?"

"우선 여러분은 판례에 따르면 나치 수뇌부만 살인자였다는 사실을 알아야 합니다." 전문가 증인은 말했다. "다른 모든 사람은 살인조력자로 간주됐습니다. 몇 가지 예외가 있긴 있었습니다."

"그러니까 히틀러, 힘러, 하이드리히 등은 살인자이고 다른 사람들은 단지 조력자에 불과했다는 말입니까?"

"네. 그들은 그저 명령을 받은 사람으로 간주됐습니다."

"하지만 제3제국 시기 거의 모든 사람들은 단지 명령을 따랐을 뿐입니다." 라이넨은 말했다.

"그렇습니다. 명령을 따랐던 모든 군인들은 판례에 따르면 조력자에 불과했습니다."

"그렇다면", 라이넨은 질문했다. "어떤 사람이 정부 부처의 사무실에 앉아서 유대인들을 강제수용소로 수송하는 일을 계획했다면, 판례에 따르면 그 사람은 살인자가 아니라는 말입니까?"

"그렇습니다. 판례에 따르면 그러한 일을 '책상에 앉아서 계획했던 사람들'은 모두 조력자에 불과했습니다. 법정은 그들 가운데 단 한 사람도 살인자로 여기지 않았습니다."

"내게는 그러한 판례가 불합리하게 보이는데, 이 판례가 형사 소추에 영향을 미쳤습니까?"

"처음에는 미치지 않았습니다."

"하지만 당신은 재앙에 대해 말했습니다." 라이넨이 말했다.

"드러의 이 법, '질서위반법 시행령'은 공소 시효의 기한을 변경했습니다. 이 평범한 법은 대수롭지 않은 것으로 생각돼서 아무도 무슨 일이 일어나고 있는지 눈치채지 못했습니다. 열한 명의 주 법무부 장관, 연방 하원 의원들, 연방 상원 의원들과 법률 위원회 등은 모두 눈치채지 못했습니다. 유일하게 언론만 공소 시효 스캔들을 폭로했습니다. 하지만 모든 사람이 다시 눈치챘을 때는 너무 늦었습니다. 아주 간단하게 말해서, 이 법은 살인 조력자들은 살인

조력자로 처벌을 받지, 살인자로 처벌을 받을 수 없다는 의미를 담고 있습니다."

"무슨 말입니까?"

"그들의 행위가 갑자기 공소 시효가 만료됐다는 것입니다. 살인자들은 풀려났습니다. 생각해 보십시오. 같은 시기에 베를린 검찰에 의해 제국치안본부를 상대로 한 엄청난 소송이 준비 중이었습니다. '질서위반법 시행령'이 공포됐을 때, 검사들은 다시 짐을 꾸릴 수 있었습니다. 폴란드와 소련에서 자행된 집단 학살을 계획한 관리들과, 수백 만 명의 유대인, 사제, 공산주의자와 집시의 죽음에 책임이 있는 사람들에게 더 이상 책임을 물을 수 없었습니다. 드러 법은 사면에 지나지 않았습니다. 거의 모든 사람을 위한 소름 끼치는 사면이었습니다."

"도대체 그 법을 간단하게 다시 폐기할 수 없었던 이유는 무엇입니까?"

"그것이 법치국가의 기본원칙입니다 법행이 공소 시효의 적용을 받으면, 그 판결은 절대 번복될 수 없습니다."

라이넨은 일어섰다. 그는 몇 걸음을 걸어 판사석으로 가서 재판장 앞 테이블에 놓여있는 회색 장정의 법전들 가운데 한 권을 손에 들었다. 그는 그 법전을 전문가 증인에게 내밀었다. "용서하십시오. 바로 이 드러요? 가장 유명한 형사법 주석서를 쓴 에두아르트 드러 말입니까? 오늘날 거의 모든 판사, 검사 그리고 변호사의 책상 위에 있는 주석서 말입니까?"

"맞아요", 전문가 증인은 말했다. "그는 '드러/트뢴들레' 주석서 공동 저자였습니다."

라이넨은 주석서를 판사들이 앉은 테이블에 도로 놓았다. 그런 다음 다시 앉았다.

"드러에게 책임을 물었습니까?"

"아니요. 오늘날까지 그가 단순히 실수한 것이 아니라는 사실을 입증할 수 없음은 분명합니다. 그는 많은 사람의 존경을 받으면서 1966년에 사망했습니다."

"우리의 경우로 돌아가서", 라이넨은 말했다. "당신은 당시 유효한 국제법에 따라 엄격한 조건에서는 빨치산을 사살하는 것이 허용됐다고 말했습니다. 1960년대에 법원과 검찰은 한스 마이어에게 어떤 판단을 내렸습니까? 살인자였습니까? 아니면 조력자였습니까?"

"물론 그것은 아주 이론적인 문제입니다. 한스 마이어의 행위를 같은 시기의 다른 사건들과 비교해보면, 내 생각으로는 법원이 빨치산을 사살한 것을 잔인하다고 여기지 않았을 겁니다."

"오늘날은 다를까요?"

"1963년부터 1965년까지 프랑크푸르트에서 열린 아우슈비츠 재판을 통해 처음으로 많은 사람이 과거의 공포와 대면했습니다. 하지만 1970년대 말이 되어서 비로소 분위기가 실제로 바뀌었습니다. 그 당시 독일 텔레비전에서 미국에서 제작한 '홀로코스트' 시리즈가 방영됐습니다. 매주 월요일 천만 명에서 천오백만 명 사이의 사람들이 그 방송을 보고 토론을 벌였습니다. 오늘 우리의 삶과 판단은 1950년대와 1960년대와는 다릅니다."

"그래서 그 결과는 어떻게 됐어요?"

"빨치산들은 마이어의 명령에 따라서 사살당해 구덩이에 빠졌습니다. 그들은 눈가리개를 하지 않았습니다. 그들은 죽은 사람들을 두 눈으로 보면서 그들 위로 떨어졌습니다. 그들은 자신들보다 먼저 동료들이 사살당하는 소리를 들어야 했습니다. 학살 장소까지 그들을 수송하는 데는 여러 시간이 걸렸고, 그 시간 내내 그들은 자신들이 죽게 된다는 걸 알았습니다. 사살해서 구덩이에 빠뜨린 것은 강제 수용소의 대량 학살을 연상시킵니다. 그러나 연방 대법원이 오늘 문제를 다르게 판단할 것이라고 생각합니다. 마이어는 살인 조력자로 간주될 겁니다."

"하지만 당신 말을 제대로 이해했다면, 그것조차 아무 소용이 없었을 것입니다."

"네, 맞습니다. 마이어의 행위는 공소 시효가 만료됐습니다. 법과 판결이 마이어를 보호했을 것입니다."

"감사합니다. 슈반 박사님."

라이넨은 다시 자리에 앉았다. 그는 지쳤다.

재판장은 선서를 하지 않은 전문가 증인이 증인석에서 떠나는 걸 허용했다. 그런 다음 재판장은 말했다. "지금 휴정합니다. 제출된 새로운 증거를 고려해서 법정은 향후 일정을 논의할 것입니다. 앞으로 몇 주 동안 심리를 위해 매주 월요일과 목요일에 시간을 비워 놓으시기 바랍니다. 재판은 다음 주 목요일 이 법정에서 속개됩니다. 다음에 뵙겠습니다."

법정에서 천천히 사람들이 빠져 나갔다. 라이넨은 그냥 앉아 있었다. 콜리니는 오랫동안 말이 없었다. 라이넨은 그의 침묵을 깨고 싶지 않았다. 잠시 후 콜리니는 현실로 돌아왔다. "나는 말을 잘 못합니다, 라이넨 씨. 나는 우리가 이겼다고 생각하지 않는다고 말하고 싶었습니다. 내 고향 이탈리아에서는 죽은 사람은 복수를 원하지 않고, 살아남은 사람만 복수를 원한다는 말이 있습니다. 나는 그 말을 생각하면서 하루 종일 감방에 앉아 있습니다."

"지혜의 말이군요." 라이넨이 말했다.

"네. 지혜의 말이지요." 덩치가 큰 콜리니가 말했다. 그는 일어서더니 라이넨에게 악수를 청했다.

콜리니는 감옥과 연결된 작은 문을 통과하기 위해서 몸을 숙여야만 했다. 경찰관은 그 뒤에서 문을 잠갔다.

마팅어는 법정 문 바깥에서 기다리고 있었다. 그는 입에 담배를 물었다. 그는 라이넨을 보고 미소를 지었다. "훌륭했어요, 라이넨. 내가 이렇게 패배한 건 오래간만이에요. 축하해요."

두 사람은 함께 정문을 향해 계단을 내려갔다.

"말해 봐요, 내가 전문가 증인으로 기록보관소 소장을 부를 줄 당신이 어떻게 알았어요?" 마팅어가 물었다.

"당신 말이 맞아요. 사실 알고 있었어요. 슈반 박사와 나는 루트비히스부르크에서 이야기가 잘 통했습니다. 당신이 그녀와 연락한 후에, 그녀가 내게 전화를 했습니다. 그래서 나는 준비할 수 있었습니다."

"정말 훌륭해요. 그것이 소송에서 이기는 방법이군요. 아마 당신은 지금 이 순간 독일에서 가장 인기 있는 변호사일 겁니다. 하지만, 친애하는 라이넨, 그래도 당신은 옳지 않았습니다." 늙은 변호사는 담배를 피우더니 연기를 공중으로 뿜어냈다. "판사는 정치적으로 옳은 것처럼 보이는지에 따라서 판결을 내려서는 안 됩니다. 마이어가 당시 올바르게 행동했다면, 오늘 우리는 그를 비난할 수 없습니다."

두 사람은 정문을 지나 바깥으로 걸어 나갔다.

"당신이 오해하고 있다고 생각합니다."

잠시 후 라이넨이 말했다.

"객관적으로 말해서 마이어의 행동은 언제나 잔인했습니다. 1950년대와 1960년대 판사들이 마이어에게 유리하게 판결을 내렸다고 해서 그가 잔인했다는 사실이 바뀌지는 않습니다. 만약 당시 판사들이 오늘날 더 이상 그런 판결을 내리지 않는다면, 그것은 우리가 진전을 이루었다는 것을 의미합니다."

"그것이 바로 내가 말하려는 것입니다, 라이넨. 그것은 시대정신입니다. 나는 법을 믿습니다. 그리고 당신은 사회를 믿습니다. 결국 누가 옳은지 우리는 알게 될 겁니다." 늙은 변호사는 미소를 지었다. "여하튼 오늘 휴가 여행을 떠납니다. 이 재판에 더 이상 흥미가 없습니다."

문 바깥에서 마팅어의 운전사가 차 옆에서 기다리고 있었다. "라이넨, 당신은 요한나 마이어가 어제 회사 측 변호사 바우만을 해고했다는 사실을 압니까? 그녀는 이 바보가 당신을 매수하려 했다는 사실을 듣고 머리 꼭대기까지 화가 났습니다."

마팅어는 차에 탔다. 운전사는 문을 닫았다. 마팅어는 차창을 내리게 했다. "당신이 이 재판이 끝난 다음에도 변호사로 남고 싶다면, 라이넨, 내게 오십시오. 당신과 같이 일하고 싶습니다."

차는 출발했다. 라이넨은 차가 차량의 흐름 속에서 사라질 때까지 지켜보았다.

19

 라이넨이 눈을 떴을 때, 날은 이미 밝았다. 작은 발코니와 연결된 여닫이문이 열려 있었다. 일곱 시였다. 두 시간 후면 열 번째 재판일이 시작될 것이다. 그는 셔츠와 티셔츠를 입고 부엌으로 가서 커피를 끓이고 담배에 불을 붙였다. 그리고 복도에서 신문을 가져왔고, 외투를 입고 커피 잔을 들고 발코니에 앉았다.

 그가 아홉 시쯤 법정에 들어섰을 때, 한 경찰관이 재판은 "재판장의 명령에 의해서" 열한 시가 되어야 시작할 거라고 말했다. 리이넨은 어깨를 으쓱했고, 법복과 서류들을 자리에 내려놓고 서류가방만 들고 '바일러스'로 들어갔다. 바람은 여전히 차가웠다. 하지만 바깥에 앉아 있을 수 있었다. 한 기자가 그가 앉은 테이블 쪽으로 왔다. 그는 큰 소리로 편집실과 통화했다. 그는 재판의 재개가 연기됐다고, 그 이유는 모르겠다고, 자기 생각에는 변호인 측에서 새로운 청원서를 제출한 것 같다고 말했다. 라이넨은 그 사람이 자신을 알아보지 못한 것이 기뻤다. 라이넨은 법원 안으로 들어간 사람들을 바라보았다. 피고인들, 증인들, 선생님이 인솔하여 온 한 학급의 학생들. 택시 운전사가 법원 정문 앞에 정차할 수 있는지 혹은 없는지를 두고 경찰과 실랑이를 벌이고 있었다. 라이넨은 서류 가방의 부드러운 가죽을 쓰다듬었다. 서류 가방은 얼룩졌고 두 군데는 찢어졌다. 아버지가 시험을 치르는 그에게 선물한 서류 가방이었다. 라이넨의 할아버지는 전후 파리에서 산 가방인데, 그 가격은 할머니가 깜짝 놀랄 정도로 비쌌다고 한다. 하지만 결국 서류 가방은 그 가치를 증명했다. 서류 가방은 점차 할아버지의 일부가 되었다. "좋은 서류 가방은 품격을 더한다"고 할아버지는 입버릇처럼 말했다.

열한 시 직전에 라이넨은 다시 법정 안으로 들어갔다. 공동 원고석은 비어 있었다. 라이넨은 자기 뒤에 있는 유리로 가려진 우리를 둘러보았다. "내 의뢰인은 어디에 있습니까?" 라이넨이 경찰관에게 물었다. 회청색 제복을 입은 그 남자는 고개를 저었다. 라이넨이 고개를 젓는 것이 무슨 의미인지 경찰관에게 물어보려는 바로 그 순간, 재판장이 법정 안으로 들어왔다.

"좋은 아침입니다." 그녀는 말했다. "모두 앉으십시오." 그녀의 목소리는 평소와 달랐다. 그녀는 선 채로 기다렸다. 마침내 재판 관계자들, 기자들과 방청객은 진정이 되어 갔다.

"재판장님, 제 의뢰인이 아직 출석하지 않았습니다. 그는 불려오지 않았습니다. 우리는 재판을 시작할 수 없습니다." 라이넨이 말했다. "알고 있습니다." 재판장은 그에게 낮은 목소리로, 거의 부드럽게 말했다. 그런 다음 그녀는 법정 안에 있는 재판 관계자들과 방청객을 향해 돌아섰다. "피고인 파브리치오 콜리니가 어젯밤 감방에서 스스로 목숨을 끊었습니다. 검시관은 새벽 2시 40분 피고인의 사망을 확인했습니다."

그녀는 모든 사람이 이해할 때까지 기다렸다. "따라서 나는 다음의 결정을 공식적으로 알립니다. 피고인에 대한 재판은 정지됩니다. 재판 비용과 소요 비용은 국가가 부담합니다."

어디에선가 펜이 바닥으로 떨어졌다. 그리고 바닥을 굴렀다. 법정에서 들리는 유일한 소리였다. 여성 서기는 타이핑하기 시작했다. 재판장은 기다렸다. 그런 다음 그녀는 말했다. "신사 숙녀 여러분, 제12호 형사 대법정에서의 심리는 종결합니다." 판사들과 배심원들은 거의 동시에 일어나서 재판정을 떠났다. 모든 일이 아주 빠르게 진행됐다. 라이머스 검사장은 고개를 저었고 손에 들고 있는 서류철에 무언가를 써넣었다.

기자들은 신문사와 라디오 방송국과 텔레비전 방송국에 전화하기 위해서 법정 바깥으로 뛰어나갔다. 라이넨은 그냥 앉아 있었다. 그는 콜리니가 늘 앉아 있었던 빈 의자를 쳐다보았다. 의자의 천은 양 옆이 닳아 있었다. 한 경찰관이 라이넨에게 '변호사님에게 보내는 우편물'이라는 글씨가 적힌 봉투를 건넸다. 봉투는 여전히 닫혀 있었다. "당신 의뢰인이 보낸 것입니다. 그의 테이블 위에 놓여 있었습니다." 경찰관이 말했다.

라이넨은 봉투를 개봉했다. 봉투에는 사진 한 장만 들어 있었다. 작은 크기의 흑백 사진은 파손됐고 빛깔이 바랬으며, 가장자리는 톱니 모양이었다. 사진 속 소녀는 열두 살 쯤 되어 보였다. 그 소녀는 밝은 빛깔의 블라우스를 입었고 잔뜩 긴장해서 카메라를 응시했다. 라이넨은 사진을 뒤집었다. 사진의 뒷면에는 의뢰인의 서툰 손글씨로 이렇게 적혀 있었다. "내 누나입니다. 여러 가지로 죄송합니다."

라이넨은 일어나서, 의자의 등받이를 쓰다듬고 짐을 꾸렸다. 그는 옆문을 통해 법원을 떠나 차를 타고 집으로 갔다.

*

요한나는 그의 집 앞 계단에 앉았다. 그녀는 얇은 외투의 깃을 위로 올려서 앞으로 모았다. 그녀의 손은 하얬다. 라이넨은 그녀 앞에 앉았다.

"나도 그럴까?" 그녀가 물었다. 그녀의 입술은 떨렸다.

"너는 그냥 너야." 그가 말했다.

집 앞 놀이터에서는 녹색 양동이 하나 때문에 두 명의 어린 아이가 다투고 있었다. 며칠 후면 날씨는 더 따뜻해질 것이다.

2012년 1월 이 소설이 출판되기 전 독일연방공화국 법무부장관은 과거 나치가 법무부에 남긴 흔적을 재평가하기 위한 위원회를 설치했다. 이 소설은 당시 상황을 이해하는 참고 자료들 가운데 하나였다.

부록

1968년 9월 30일까지 독일 연방 형법 50조는 다음과 같이 규정한다.

① 여러 사람이 범죄에 가담한 경우 다른 사람의 죄와 관계없이 각자는 자신이 저지른 범죄에 따라 처벌받는다.

② 특수한 개인적인 특성 혹은 상황이 처벌을 강화하고 경감하고 혹은 면해준다고 법이 결정하는 경우, 이것은 범행자 혹은 범행에 가담한 자에게만 적용된다.

질서위반법 시행령 6조 1항은 1968년 10월 1일에 (독일연방 법률 관보, I, 503) 효력이 발생했다. 그 후에 독일 연방 형법 50조가 다음과 같이 적용됐다.

① 여러 사람이 범죄에 가담한 경우 다른 사람의 죄와 관계없이 각자는 자신이 저지른 범죄에 따라 처벌받는다.

② 범행자의 가벌성의 근거가 되는 특수한 개인적인 특성, 상황 혹은 사정(특수한 개인적인 특질)이 범행에 가담한 자에게 없는 경우, 그 자의 처벌은 미수(未遂)의 처벌에 관한 규정에 따라서 경감될 수 있다.

③ 특수한 개인적인 특질이 처벌을 강화하고 경감하고 혹은 면해준다고 법이 결정하는 경우, 이것은 범행자 혹은 범행에 가담한 자에게만 적용된다.

클라우스 프렝스에게 감사를 전한다.
그의 아이디어와 연구가 없었다면 이 책을 쓸 수 없었을 것이다.

옮긴이 해설

페르디난트 폰 쉬라흐의 소설 「콜리니 케이스」는 제2차 세계대전 중에 이탈리아에서 나치 장교로 복무했던 독일의 대표적인 기업가 한스 마이어 살해 사건을 다룬다. 베를린의 한 호화 호텔에서 마이어 그룹의 오너인 85세의 한스 마이어가 잔인하게, 겉보기에 아무런 이유 없이 살해된다. 살해범인 파블리치오 콜리니는 경찰에 자수하지만 범행 동기를 밝히지 않는다. 콜리니의 살인 행위는 사이코패스의 이유 없는 행동처럼 보인다. 갓 변호사가 된 카스파르 라이넨이 이 사건의 국선변호사로 선임된다. 하지만 라이넨은 어린 시절과 청년 시절을 함께 보냈던 마이어의 손녀인 요한나로부터 전화를 받고 나서 비로소 살해된 사람이 마이어라는 사실을 알게 된다. 마이어는 라이넨에게 아버지 같은 존재였다. 요한나는 라이넨에게 콜리니를 변호하지 말 것을 요구한다. 라이넨 자신도 콜리니에 대한 변호를 그만두려고 한다. 하지만 대학 시절 라이넨에게 형법을 가르쳤고 지금은 형사 사건 전문 변호사로 활동하는 마팅어, 그리고 같은 동네 빵집 주인의 '변호사가 되고 싶다면 변호사처럼 행동해야 한다는' 충고를 듣고 콜리니를 계속 변호하기로 결심을 굳힌다. 이렇게 해서 요한나의 부탁으로 콜리니에 대한 재판에서 공동 원고의 임무를 맡게 된 마팅어와 피고 측 변호사인 라이넨과의 법정 대결이 치열하게 펼쳐진다.

한 여성 배심원이 독감에 걸린 탓에 재판이 잠시 중단된 기회를 이용해서 라이넨은 나치 범죄의 진상을 규명할 목적으로 설립된 루트비히스부르크에 있는 독일연방기록보관소를 방문해 나치 범죄에 관한 문서들을 연구한다. 문서들에서 그가 찾아낸 것은 청년 시절 한스 마이어가 나치 친위대 대장으로서 나치가 점령한 이탈리아에서 빨치산을 소탕하는 일에 앞장섰으며, 이때 콜리니의 아버지가 사살됐다는 사실이다. 이제 라이넨은 마이어의 이러한 범행에 복수하려는 콜리니의 살해동기를 분명히 알게 된다.

베를린으로 돌아온 라이넨에게 마이어 그룹의 법률 고문인 바우만은 콜리니의 변호를 포기하면 대신 상당한 돈벌이가 되는 의뢰인들을 소개해주겠다고 제안한다. 그 목적은 라이넨이 법정에서 마이어가 제2차 세계대전 중에 이탈리아 빨치산을 집단 학살한 사실을 진술하지 못하게 하는 것이다. 그러나 라이넨은 바우만의 제안을 거부하고 법정에서 이 사실을 있는 그대로 진술한다. 이에 대한 반격으로 마팅어는 독일연방기록보관소 소장을 증인석에 세운다. 증인석에서 소장은 1968년에 콜리니가 마이어를 고소한 적이 있지만, 이미 그때 마이어에 대한 소송이 중단됐다고 증언한다. 그러나 라이넨은 마이어에 대한 소송이 중단된 이유는 마이어가 죄가 없기 때문이 아니라, 나치 범죄에 공소 시효를 도입한 이른바 '드러 법'[3]의 통과로 마이어의 범죄에도 공소 시효가 적용되었기 때문이라고 주장하면서 소장의 증언을 반박한다. 하지만 재판은 마이어의 이탈리아 빨치산 집단 학살이 당시 국제법에 따르면 적법했다는 마팅어의 주장으로 인해 다시 중단된다. 판결을 앞둔 전날 밤에 콜리니는 감방에서 스스로 목숨을 끊는다. 이렇게 해서 콜리니에 대한 재판은 끝난다.

여러 측면에서 소설 「콜리니 케이스」는 1995년에 출판된, 변호사이며 소설가인 베른하르트 슐링크Bernhard Schlink의 베스트셀러 소설 「책 읽어주는 남자Der Vorleser」와 비교된다. 논란의 여지가 있는 독일 사회의 '집단 범죄' 테제와의 문학적 논쟁으로 평가되는 베른하르트 슐링크의 소설은 나치 범죄의 가해자를 부분적으로 동정적인 관점에서 묘사함으로써 나치와 관련된 독

---

[3] '공소 시효 스캔들'에서 드러는 주도적 역할을 했다. 1960년대 후반 '질서위반법 시행령'이 완성됐을 때 단서가 달렸다. 이로써 당시의 법적 상황에서 나치 시대에 살해에 가담했던 대부분의 나치 범죄자들이 공소 시효의 혜택을 받아 처벌을 피하게 됐다. 연구에 의하면 에두아르트 드러가 독일 법무부에서 이 작업을 진두지휘한 책임자였다. '질서위반법 시행령'은 '드러 법'이라고 불리기도 한다. 공소 시효 스캔들은 페르디난트 폰 쉬라흐의 소설 「콜리니 케이스」(2011)의 소재로 사용된다.

일 사회의 금기(독일인들은 과거의 죄과에 대해 계속 참회해야 한다)를 부분적으로 깬다. 반면 나치 전범에 대한 조사를 좌절시킨 나치 범죄의 '공소 시효 스캔들'을 다룬 페르디난트 폰 쉬라흐의 소설 「콜리니 케이스」는 결연히 나치 범죄의 피해자의 편에 선다. 이 소설은 독일 사회의 '과거 극복(과거 청산, 과거 정리)'의 오류와 딜레마를 제시한 하나의 예로, 홀로코스트 이후에 태어난 독일인들이 느끼는 죄책감과도 연결된다. 과거를 극복하는 하나의 방법으로 작가는 나치에 희생된 사람들을 기억하기 위해 허구의 이야기인 문학을 사용한다. 과거를 기억하고 계승하며 기억을 지속가능한 체계로 변화시키려는 문학은 망각을 방지하기 위한 수단 중에서 가장 오래된 수단이기 때문이다.[4] 소설 「콜리니 케이스」는 나치 체제의 부역자를 조상으로 둔 작가의 나치 시대에 대한 자기성찰의 기록이며 나치 범죄의 피해자들에게 바치는 추도사이다.

이 소설이 출판된 후 독일연방공화국 법무부는 나치의 과거를 철저하게 규명하기 위한 독립 위원회를 설치했고 이때 특히 소설 「콜리니 케이스」를 참조하도록 지시했다. 뉴욕의 <월스트리트 저널>은 2013년에 이 소설을 10대 베스트 추리소설 중 하나로 선정했다. 이 소설은 2014년 <로스앤젤레스 타임스>가 주관하는 도서상 후보로 지명되기도 했다. 또 「콜리니 케이스」는 서부독일방송WDR에 의해 라디오 방송극으로 개작되어 2014년 3월 8일 첫

---

[4] 사비네 하이저, 축적과 단편-기억으로 얽힌 도시, 알렉산더 렌너·최광준, 한국과 독일의 과거청산과 기억문화. 경희대학교 출판문화원 2022, 22쪽 참조.

방송되었으며, 마르코 크로이츠파인트너 감독의 연출로 영화로 만들어졌다. 영화는 2019년 4월 18일 독일의 많은 영화관에서 상영됐다. 번역의 원본은 2011년 독일 피퍼^Piper 출판사에서 발행한 페르디난트 폰 쉬라흐의 「콜리니 케이스^Der Fall Collini」를 사용했다.

2023년 2월
편영수

작가에 대해

페르디난트 폰 쉬라흐Ferdinand von Schirach는 인쇄업자인 아버지 로베르트 폰 쉬라흐와 어머니 엘케 사이에서 1964년 뮌헨에서 태어났다. 그의 조부 발두어 폰 쉬라흐는 '히틀러 유겐트' 지도자로 나치 정권에서 요직을 맡았다. 종전 후 그는 뉘른베르크 군사법정에서 징역 20년형을 선고받았다. 그의 외증조부 하인리히 호프만은 히틀러의 전속 사진사이자 절친한 친구로 나치 정권의 핵심 참모였다. 히틀러의 여인인 에바 브라운을 히틀러에게 소개해 준 사람도 호프만이었다. 그의 어머니 엘케는 트로싱겐 기업가이며 나치 정치인인 프리츠 킨의 손녀였다.

페르디난트 폰 쉬라흐는 네 살 때까지 뮌헨에서 성장했다. 그 후 그는 외증조부인 기업가 프리츠 킨의 트로싱겐 집에서 어린 시절을 보냈다. 부모가 이혼한 후에는 10살 때부터 김나지움을 졸업할 때까지 예수회에서 운영하는 성聖 블라진St. Blasien 신학교를 다녔다. 김나지움을 졸업한 후 예수회에서 나와 군대를 간 그는 제대 후 본 대학교에서 법학을 공부하고 쾰른에서 변호사 시보로 일하다가, 1994년부터는 베를린에 정착해 형사 사건 전문 변호사로 일하고 있다. 그는 베를린 장벽에서의 사살 사건과 베를린 장벽이 세워지고 무너지기까지의 기간1961-1989 동안 내려진 발포 명령의 유무죄를 가려내기 위해 열린 재판1991-2004에서 동독 스파이들을 변호했다. 그리고 2008년 전직 리히텐슈타인 은행 직원이 은행 내부 자료를 훔쳐 독일연방정보부에 팔아넘긴 이른바 '리히텐슈타인 세금 사건'에서 독일연방정보부를 상대로 위증의 혐의를 물어 고발한 사건, 그리고 연극 배우 클라우스 킨스키의 가족을 대표해 배우의 병원 기록을 사전에 본인의 허락 없이 공개한 베를린 주정부 기록보관소를 고발한 사건 등으로 세간의 이목을 끌었다. 페르디난트 폰 쉬라흐는 45살에 단편집 「범죄Verbrechen」를 발표하면서 작가로 데뷔했다. 그의 작품들은 40개국 이상에서 번역되어 출판됐다. 작품으로는 「범죄2009」, 「죄Schuld」, 2010, 「콜리니 케이스Der Fall Collini」, 2011, 「카를 토어베르크Carl Thorberg, 2012」, 「타부Tabu, 2013」, 「존엄은 침해할 수 있다Die Würde ist antastbar, 2014」, 「이성의 온정Die Herzlichkeit der Vernunft, 2017」, 「벌Strafe, 2018」, 「커피와 담배Kaffee und Zigaretten, 2019」, 「그럼에도 불구하고Trotzdem, 2020」, 「모든 사람Jeder Mensch, 2021」, 「많은 날의 오후Nachmittage, 2022」 등이 있고, 연극으로 만

들어진 작품은 「테러Terror, 2015」, 「신Gott, 2020」이 있고, 영화로 만들어진 작품은 「행복Glück, 2012」, 「범죄2013」, 「죄2014-2019」, 「테러: 그들에 대한 판결Terror-Ihr Urteil, 2016」, 「하얀 복면의 에티오피아인Der weiße Äthiopier, 2016」, 「아스팔트의 갱단Asphaltgorillas, 2018」, 「콜리니 케이스2019」, 「신2020」, 「적들Feinde, 2021」, 「믿음Glauben, 2021」 등이 있다. 그는 2018년 리카르다 후Ricarda Huch 문학상을 수상했다. 특히 그의 작품들 중에서 「범죄」는 「어떻게 살인자를 변호할 수 있을까? 2010」, 「죄」는 「어떻게 살인자를 변호할 수 있을까? 2011」, 「벌」은 「왜 살인자에게 무죄를 선고했을까? 2019」라는 제목으로 한국어로 번역되어 출판됐다. 전 세계에서 판매된 그의 책은 2022년 9월 기준 1천만 권에 이른다.

옮긴이에 대해

서울대학교 독문학과를 졸업하고 같은 과 대학원에서 박사학위를 받았다. 엘지연암문화재단 해외연구교수로 선발되어 독일 루트비히스부르크 대학교에서 수학했다. 현재 전주대학교 명예교수로 있다. 프란츠 카프카와 관련된 다수의 논문, 번역서, 저서를 발표했다. 2018년 막스 브로트의 카프카 평전『나의 카프카』로 '한독문학번역상'을 수상했다. 지금은 독일어권에서 생산되고 있는 문학과 문화와 관련된 책에 흥미를 갖고 우리말로 옮기는 작업을 하고 있다.

콜리니 케이스

1판 1쇄　2024년 10월 28일
ISBN　979-11-92667-61-4 (03850)

저자　페르디난트 폰 쉬라흐
번역　편영수
편집　김휴진
교정　이수정
제작　재영 P&B
디자인　우주상자
펴낸곳　마르코폴로
등록　제2021-000005호
주소　세종시 다솜1로9
이메일　laissez@gmail.com
페이스북　www.facebook.com/marco.polo.livre

책 값은 뒤표지에 있습니다. 잘못된 책은 교환하여 드립니다.